U0743161

叩访名家丛书

名家 叩访

余光中 著

浙江文艺出版社

余光中

散文精选

少年版

◎ 船速慢了下来，迎面而来的浮冰越来越多，也越来越大，半透明的结晶通体浅蓝色，远望像一杯鸡尾酒，似乎叮当有声。

——《拜冰之旅》

◎ 无风的晴日，盆花之间常依偎一只白漆的鸟笼。里面的客人是一只灰翼蓝身的小鹦鹉，我为它取名蓝宝宝。走近去看，才发现翅膀不是全灰，而是灰中间白，并带一点点蓝；颈背上是一圈圈的灰纹，两翼的灰纹则弧形相掩，饰以白边，状如鱼鳞。——《花鸟》

目录

第一辑　抒情散文

第一辑　抒情散文

石城之行

　　一九五七年的雪佛兰小汽车以每小时七十英里的高速在爱荷华的大平原上疾驶。北纬四十二度的深秋，正午的太阳以四十余度的斜角在南方的蓝空滚着铜环，而金黄色的光波溢进玻璃窗来，抚我新剃过的脸。我深深地饮着飘过草香的空气，让北美成熟的秋注满我多东方回忆的肺叶。是的，这是深秋，亦即北佬们所谓的"小阳春"（Indian Summer），下半年中最值得留恋的好天气。不久寒流将从北极掠过加拿大的平原南侵，那便是戴皮帽，穿皮衣，着长统靴子在雪中挣扎的日子了。而此刻，太阳正凝望平原上做着金色梦的玉蜀黍们；奇迹似的，成群的燕子在晴空中呢喃地飞逐，老鹰自地平线升起，在远空打着圈子，觊觎人家白色栅栏里的雏鸡，或者是安格尔教授告诉我的，草丛里的野鼠。正是万圣节之次日，家家廊上都装饰着画成人面的空南瓜皮。排着禾墩的空田尽处，伸展着一片片缓缓起伏的黄艳艳的阳光，我真想请安格尔教授把车停在路边，让我去那上面狂奔，乱嚷,打几个滚,最后便仰卧在上面晒太阳,睡一个童话式的午睡。真的,十年了,我一直想在草原的大摇篮上睡觉。我一直羡慕塞拉的名画《星期日午后的大碗岛》中懒洋洋地斜靠在草地上幻想的法国绅士,羡慕以抒情诗的节奏跳跳蹦蹦于其上的那个红衣小女孩。我更羡慕鲍罗丁在音乐中展露的那种广阔,那种柔和而奢侈的安全感。然而东方人毕竟是东方人,我自然没有把这思想告诉安格尔教授。

东方人确实是东方人。喏,就以坐在我左边的安格尔先生来说,他今年已经五十开外,出版过一本小说和六本诗集,做过哈佛大学的教授,且是两个女儿的爸爸了;而他,戴着灰格白底的鸭舌小帽,穿套头的毛线衣、磨得发白的蓝色工作裤和(在中国只有中学生才穿的)球鞋。比起他来,我是"绅士"得多了,眼镜,领带,皮大衣,笔挺的西装裤加上光亮的黑皮鞋,使我觉得自己不像是他的学生。从反光镜中,我不时瞥见后座的安格尔太太、莎拉和小花狗克丽丝。看上去,安格尔太太也有五十多岁了。莎拉是安格尔的小女儿,十五岁左右,面貌酷似爸爸——淡金色的发自在地垂落在颈后,细直的鼻子微微翘起,止于鼻尖,形成她顽皮的焦点,而脸上,美国小女孩常有的雀斑是免不了的。后排一律是女性,小花狗克丽丝也不例外。她大概很少看见东方人,几度跳到前座来和我挤在一起,斜昂着头打量我,且以冰冷的鼻尖触我的颈背。

昨夜安格尔教授打电话给我,约我今天中午去"郊外"一游。当时我也不知道他所谓的"郊外"是指何处,自然答应了下来。而现在,我们在平而直的公路上疾驶了一个多小时,他们还没有停车的意思。自然,老师邀你出游,那是不好拒绝的。我在"受宠"之余,心里仍不免怀着鬼胎,正觉"惊"多于"宠"。他们所谓请客,往往只是吃不饱的"点心"。正如我上次在他们家中经验过的一样——两片面包,一块牛油,一盘番茄汤,几块饼干。那晚回到宿舍"四方城"中,已是十一点半,要去吃自助餐已经太迟,结果只饮了一杯冰牛奶,饿了一夜。

"保罗,"安格尔太太终于开口了,"我们去安娜摩莎(Anamosa)吃午饭吧。我好久没去看玛丽了。"

"哦,我们还是直接去石城好些。"

"石城"(Stone City)? 这地名好熟! 我一定在哪儿听过,或是看过这名字。只是现在它已漏出我的记忆之网。

"哦,保罗,又不远,顺便弯一弯不行吗?"安格尔太太坚持着。

"O please, Daddy!"莎拉在想念她的好朋友琳达。

安格尔教授OK了一声,把车转向右方的碎石子路。他的爱女儿是有名的。他曾经为两个女儿写了一百首十四行诗,出版了一个单行本《美国的孩子》(American Child)。莎拉爱马,他以一百五十元买了一匹小白马。莎拉要骑马参加爱荷华大学"校友回校大游行",父亲巴巴地去二十英里外的俄林(Olin)借来一辆拖车,把小白马载在拖车上,运去游行的广场,因为公路上是不准骑马的。可是父母老后,女儿是一定分居的。老人院的门前,经常可以看见坐在靠椅上无聊地晒着太阳的老人。这景象在中国是不可思议的。我曾看见一位七十五岁(一说已八十)步态蹒跚的老工匠独住在一座颇大的空屋中,因而才了解弗罗斯特(Robert Frost)《老人的冬夜》一诗的凄凉意境。

不过那次的游行是很有趣味的。平时人口仅及二万八千的爱荷华城,当晚竟挤满了五万以上的观众——有的自西达拉匹兹(Cedar Rapids)赶来，有的甚至来自三百英里外的芝加哥。数英里长的游行行列，包括竞选广告车，赛美花车，老人队，双人脚踏车队，单轮脚踏车队，密西西比河上的古画舫，开辟西部时用的老火车，以及四马拉的旧马车，最精彩的是老爷车队，爱荷华州一九二〇年以前的小汽车全部都出动了。一时街上火车尖叫，汽船鸣笛，古车蹒跚而行，给人一种时间的错觉。百人左右的大乐队间隔数十丈便出现一组，领先的女孩子，在华氏四十几度的寒夜穿着短裤，精神抖擞地舞着指挥杖，踏着步子。最动人的一队是"苏格兰高地乐队"(The Scottish Highlanders)，不但阵容壮大，色彩华丽，音乐也最悠扬。一时你只见花裙和流苏飘动，鼓号和风笛齐鸣，那嘹亮的笛声在空中回荡又回荡，使你怅然想起司各特的传奇和彭斯的民歌。

汽车在一个小镇的巷口停了下来，我从古代的光荣梦中醒来。向一只小花狗吠声的方向望去，一座小平房中走出来一对老年的夫妻欢迎客人。等到大家在客厅坐定后，安格尔教授遂将我介绍给鲍尔先生及太太。鲍尔先生头发已经花白，望上去有五十七八的年纪，以皱纹装饰成的微笑中有一影古远的忧郁，有别于一般面有得色、颐有余肉的典型美国人。他听安格尔教授说我来自台湾，眼中的浅蓝色立刻增加了光辉。他说二十年前曾去过中国，在广州住过三年多；接着他讲了几句迄今犹能追忆的广东话，他的目光停在虚空里，显然是陷入往事中了。在地球的反面，在异国的深秋的下午，一位碧瞳的老人竟向我娓娓而谈中国，流浪者的乡愁是很重很重了。我回想在香港的一段日子，那时母亲尚健在……

莎拉早已去后面找小朋友琳达去了，安格尔教授夫妇也随女主人去地下室取酒。主客的寒暄告一段落，一切落入冷场。我的眼睛被吸引到墙上的一幅翻印油画：小河、小桥、近村、远径、圆圆的树，一切皆呈半寐状态，梦想在一片童话式的处女绿中；稍加思索，我认出那是美国已故名画家伍德（Grant Wood，1892—1942）的名作《石城》（*Stone City*）。在国内，我和咪也有这么一小张翻版，两人都说这画太美了，而且静得出奇，当是出于幻想。联想到刚才车上安格尔教授所说的"石城"，我不禁因吃惊而心跳了。这时安格尔教授已回到客厅里，发现我投向壁上的困惑的眼色，朝那幅画瞥了一眼，说：

"这风景正是我们的目的地。我们在石城有一座小小的夏季别墅，好久没有人看守，今天特别去看一看。"

我惊喜未定，鲍尔先生向我解释，伍德原是安格尔教授的好友，生在本州的西达拉匹兹，曾在爱荷华大学的艺术系授课，这幅《石城》便是伍德从安格尔教授的夏屋走廊上远眺石城镇所作。

匆匆吃过"零食"式的午餐，我们别了鲍尔家人，继续开车向石城疾驶。随着沿途树影的加长，我们渐渐接近了目的地。终于在转过第三个小山坡时，我们从异于伍德画中的角度眺见了石城。河水在斜阳下反映着淡郁郁的金色，小桥犹在，只是已经陈旧剥落，不似画中那么光彩。啊，磨坊犹在，丛树犹在，但是一切都像古铜币一般，被时间磨得黯淡多了；而圆浑的山峦顶上，只见半黄的草地和凌乱的禾墩，一如黄金时代的余灰残烬。我不禁失望了。

"啊，春天来时，一切都会变的。草的颜色比画中的还鲜！"安格尔教授解释说。

转眼我们就驶行于木桥上了，过了小河，我们渐渐盘上坡去，不久，河水的淡青色便蜿蜒在俯视中了。到了山顶，安格尔教授将车停在别墅的矮木栅门前。大家向夏屋的前门走去，忽然安格尔太太叫出声来，原来门上的锁已经给人扭坏。进了屋去，过道上、客厅里、书房里，到处狼藉着破杯、碎纸、分了尸的书、断了肢的玩具、剖了腹的沙发椅垫，凌乱不堪，有如兵后劫余。安格尔教授一耸哲学式的两肩，对我苦笑。莎拉看见她的玩具被毁，无言地捡起来捧在手里。安格尔太太绝望地诉苦着，拾起一件破家具，又丢下另一件。

"这些野孩子！这些该死的野孩子！"

"哪里来的野孩子呢？你们不能报警吗？"

"都是附近人家的孩子，中学放了暑假，就成群结党，来我们这里胡闹、作乐、跳舞、喝酒。"说着她拾起一只断了颈子的空酒杯，"报警吗？每年我们都报的，有什么用处呢？你晓得是谁闯进来的呢？"

"不可以请人看守吗？"我又问。

"噢，那太贵了，同时也没有人肯做这种事啊！每年夏天，我们只来这里住三个月，总不能雇一个人来看其他的九个月啊。"

接着安格尔太太想起了楼上的两大间卧室和一间客房，匆匆赶了上去，大家也跟在后面。凌乱的情形一如楼下：席梦思上有污秽的足印，地板上横着钓竿，滚着开口的皮球。嗟叹既毕，她也只好颓然坐了下来。安格尔教授和我立在朝西的走廊上，倚栏而眺。太阳已经在下降，暮霭升起于黄金球和我们之间。从此处俯瞰，正好看到画中的石城。自然，在艺术家的画布上，一切皆被简化、美化，且重加安排，经过想象的沉淀作用了。安格尔教授告诉我，当初伍德即在此廊上支架作画，数易其稿始成。接着他为我追述伍德的生平，说格兰特（Grant，伍德之名）年轻时不肯做工，作画之余，成天闲逛，常常把胶水贴成的纸花献给女人，不久那束花便散落了；或者教小学生把灯罩做成羊皮纸手稿的形状。可是爱荷华的人都喜欢他，朋友们分钱给他用，古玩店悬卖他的作品，甚至一位百万财主也从老远赶来赴他开的波希米亚式的晚会——他的卧室是一家殡仪馆的老板免费借用的。可是他鄙视这种局限于一隅的声名，曾经数次去巴黎，想要征服艺术的京都。然而巴黎是不容易征服的，你必须用巴黎没有的东西去征服巴黎；而伍德只是一个模仿者，他从印象主义一直学到抽象主义。他在塞纳路租了一间画展室，展出自己的三十七幅风景，但是批评界始终非常冷淡。在第四次游欧时，他从十五世纪的德国原始派那种精确而细腻的乡土风物画上，悟出他的艺术必须以自己的故乡，以美国的中西部为对象。赶回爱荷华后，他开始创造一种朴实、坚厚而又经过艺术简化的风格，等到《美国的哥特式》一画展出时，批评界乃一致承认他的艺术。不过，这幅《石城》应该仍属他的比较"软性"的作品，不足以代表他的最高成就，可是一种迷人的纯真仍是难以抗拒的。

"格兰特已经死了十七年了，可是对于我，他一直坐在这长廊上，做着征服巴黎的梦。"

橙红色的日轮坠向了辽阔的地平线，秋晚的凉意渐浓。草上已经见霜，薄薄的一层，但是在我，已有十年不见了。具有图案美的柏树尖上还流连着淡淡的夕照，而脚底下的山谷里，阴影已经在扩大。不知从什么地方响起一两声蟋蟀的微鸣，但除此以外，鸟声寂寂，四野悄悄。我想念的不是亚热带的岛，而是嘉陵江边的一座古城。

　　归途中,我们把落日抛向右手,向南疾驶。橙红色弥留在平原上,转眼即将消灭。天空蓝得很虚幻,不久便可以写上星座的神话了。我们似乎以高速梦游于一个不知名的世纪,而来自东方的我,更与一切时空的背景脱了节,如一缕游丝,完全不着边际。

　　　　　　　　　　　　　一九五八年十一月于爱荷华城

南太基

从什么时候起甲板上就有风的，谁也说不清楚。先是拂面如扇，继而浸肘如水，终于鼓腋翩翩欲飞。当然谁也不愿意就这样飞走。满船海客，纷纷披上夹克或毛衫。黄昏也说它冷了。于是有更多的鸥飞过来加班，穿梭不停，像真的要把暝色织成更浓更密的什么。不再浮光耀金，落日的海葬仪式已近尾声，西南方兀自牵着几束马尾，愈曳愈长愈淡薄。收回渺渺之目，这才发现原是庞然而踞的大陆，已经夷然而偃，愈漂愈远，再也追不上来了。红帽子，黄烟囱，这艘三层乳白渡轮，正踏着万顷波纹，施施驶出浮标夹道的水巷，向汪洋。

仍有十几只鸥，追随船尾翻滚的白浪，有时急骤地俯冲，争啄水中的食物。怪可怜的芭蕾舞女，黄喙白羽，洁净而且窈窕，正张开遒劲有力的翅膀，循最轻灵最柔美的曲线，在风的背上有节奏地溜冰。风的背很阔，很冰。风的舌有咸水的腥气。乌衣巫的瓶中，夜，愈酿愈浓。北纬四十一度的洋面，仍有一层翳翳的毛玻璃的什么,在抵抗黑暗的冻结。进了公海,什么也摸不到握不着了。我们把自己交给船,船把自己交给虚无,谁也负不了责任的完整无憾的虚无。蓝黝黝的浑沦中,天的茫茫面对海的茫茫,海的茫茫面对的仍是天的茫茫,分辨不清,究竟是天欲掬海,或是海欲溺天。

前甲板风大,乘客陆续移到后甲板来。好几对人影绸缪在那边的角落里。一个年轻的妈妈,抱着幼婴,倚在我左侧的船舷。昏朦中,她的鼻梁仍俏拔地挺出,衬在一张灰白欲溶的脸上。妈妈和婴孩都有略透棕色的金发,母女相对而笑的瞳仁中,映出一些淡淡的波影。一个白发老叟陷在漏空的凉椅内,向自己的烟斗,吞吐恍惚。海客们在各自的绝缘中咀嚼自己的渺小,面对永不可解的天之谜,海之谜,夜之谜。空空荡荡,最单纯的空间和时间最难懂,也最耐读。就像此刻,从此地到好望角到挪威的长长峡湾,多少亿公秉的碧洪咸着同样的咸,从高纬度的防波堤咸到低纬度的船坞,天文数字的鲨、鲸、鲱、鳕和海豚究竟在想些什么?希腊的人鱼老了。西班牙的楼船沉了。海盗在公海上已绝迹,金币未锈,贪婪的眼珠都磨成了珍珠。同样的咸咸了多少世纪,水族们究竟在想些什么?就像此刻,我究竟在想什么?读天,读夜,读海。三本厚厚的空空的书,你读了又读,仍然什么也没有读懂但仍然爱读,即使你念过每一丛珊瑚每一座星。三小时的航程,短暂的也是永恒的过程,从一个海岸到另一个海岸。海岸与海岸间,你伸向过去和未来。把躯体遗在现在,说,陆地不存在,时间静止,空间泯灭,让我从容整理自己的灵魂。因为这只是过渡,逝者已逝,来者犹未来,你是无牵无挂的自己。一切都纯粹而且透明。空间湮灭。时间休止。而且,我实在也很倦了。长沙发陷成软软的盆地,多安全的盆地啊。我想,我实在应该横下去了。

　　不知道自己究竟睡了多久。只知道醒来时,渡轮的汽笛犹曳着尾音,满港的回声应和着。"南太基到了。"一个中年的美国太太对我笑笑。仓促间,我提起行囊加入下船的乘客,沿着海藻和蛤蜊攀附的浮桥,踏上了南太基岛。冽冽的海风中,几盏零零落落的街灯,在榆树的浓荫和幢幢古屋之间,微弱地抵抗着四围的黑暗。敞向码头的大街,人影渐稀。我沿着红砖砌成的人行道走过去,走进十七世纪。摸索了十几分钟,我不得不对自己承认是迷路了。对街的消火栓旁,正立着一个警察。我让过一辆一九五七或一九五八年的老福特,向他走去。

　　用疑惑的神情打量了我好一会,他才说:"要找旅馆吗? 前面的小巷子向左转,走到底,再向右转,有一家上等的客栈。"遵循他的指示,我进了那个小巷子,但数分钟后,又迷了路,冷落的街灯和树影里,迷魂阵的卵石路和红砖路,尽皆曲折而且狭窄而且一脚高后是一脚低。这条巷子貌似那条巷子冒充另一条含糊的巷子。一度我闯进了一条窄街,正四顾茫然间,鬼火似的街灯拨出一方朦胧,凑上去细细辨认,赫然"Coffin"六个字母! 惶然急退出来,惊疑未定,忆起似乎在《白鲸记》的开头几章见过那条"棺材街"。幸而再转一个弯,便找到一家"殖民客栈"。也幸好,客舍女主人是一个爱笑的棕发碧眼小妇人,可亲的笑容里,找不出任何诡谲的联想。讲妥房价,我在旅客登记簿上签了自己的名字:Pai Chin。于是那双碧睛说:"派先生,让我带你去你的房间吧。"欣然,我跟她上楼并走过长长的回廊,一面暗暗好笑,那只是中文"白鲸"的罗马拼音。

　　一切安顿下来,已经是午夜了。好长的一天。从旭日冒红就端上了新英格兰的公路,越过的州界多于跨过的门槛,三百英里的奔突,两小时半的航行之后,每一片肌肉都向疲乏投降了。淋浴过后,双人床加倍地宽大柔软。不久,大西洋便把南太基摇成了一只小摇篮了。

再度恢复知觉,感到好冷,淅沥的行板自下面的古砖道传来。岛上正在落雨。寒湿的雨气漾进窗来,夹着好新好干净的植物体香。拉上毛毯,贪馋地嗅了好一阵,除了精致得有点餍鼻搔心的蔷薇清芬,辨不出其他成分来。外面,还是黑沉沉的。掏出夜光表,发现还不到四点钟。蔷薇的香气特别醒脑,心念一动,神志爽爽,再也睡不着了。就这样将自己搁浅在夜的礁上,昨天已成过去,今天尚未开始。就这样孤悬在大西洋里,被围于异国的鱼龙,听四周汹涌着重吨的蓝色之外无非是蓝色之下流转着压力更大的蓝色,我该是岛上唯一的中国人,虽然和中国阻隔了一整个大陆加上一整个大洋。绝缘中的绝缘,过渡中的过渡。雨,下得更大了。寒气透进薄薄的毛毡。决定不能再睡下去,索性起来,披上厚夹克,把窗扉合上。街上还没有一点破晓的消息。坐在临窗的桌前,捻亮壁灯,想写一封长长的航空信,但是信纸不够。便从手提袋里,捡出《白鲸记》,翻到"南太基"一章,麦尔维尔沉雄的男低音遂震荡着室内的空气。

"南太基!拿出你的地图来看一看。看它究竟占据世界的哪个角落;看它怎样立在那里,远离大陆,比砥柱灯塔更孤独。你看——只有一座土岗子,一肘湾沙;除了岸,什么背景都没有。此地的沙,你拿去充吸墨纸,二十年也用不完。爱说笑的人曾对你说,岛民得自种野草,因为岛上原无野草;说蓟草要从加拿大运来;说为了封住一只漏油桶,岛民得去海外订购木塞;说他们在岛上把木片木屑携来携去，像在罗马携带十字架真迹的残片一样；说岛民都在门前种草，为了夏天好遮阴；说一片草叶便成绿洲，一天走过三片叶子便算是草原；说岛民穿流沙鞋子，像拉布兰人的雪靴；说大西洋将他们关起来，系起来，四面八方围起来，堵起来，隔成一个纯粹的岛屿，怪不得他们坐的椅子用的桌子都会发现黏着小蛤蜊，像黏附在玳瑁的背甲上那样。这些耸听的危言莫非说明南太基不是伊利诺伊罢了。

"莫怪这些出生在岸边的南太基人要向海索取生活了！开始他们在沙滩上捉蟹；胆子大些，便涉水出去网鲭；经验既多，便坐船出海捕鳕；最后，竟遣出整队的艨艟巨舟，去探索水的世界，周而复始地环绕着泽国或远窥白令海峡，不分季节，不分海域，向《旧约》洪水也淹不死的最雄壮的宏伟兽群无尽止地挑战，最怪异的最嵯峨的兽群！

"就像这样，这些赤条条的南太基人，这些海上隐士，从他们海上的蚁丘出发，去蹂躏去征服水的世界，如众多的亚历山大；且相约分割大西洋、太平洋、印度洋，像海霸三邦瓜分波兰。任美国将墨西哥并入得克萨斯，吞罢加拿大再吞古巴；任英国占领印度，悬他们的火旗在太阳上；我们的水陆球仍有三分之二属南太基人。因为海是南太基人的，他们拥有海，正如帝王拥有帝国，其他的舟子只能过路罢了。南太基的商船只是延长的桥梁，南太基的武装的船只是浮动的堡垒。即使海盗与私掠船员，纵横海上如响马纵横陆上，毕竟掠劫的只是其他的船只，像他们自身一样的飘零的陆地罢了，何曾要直接向无底的海洋讨生活。南太基人，只有他们才住在海上喧嚷在海上；只有他们，如《圣经》所载，是骑舟赴海，往返耕海像耕自己的大农场。海是他们的家，海是他们的生意,诺亚的洪水亦无法使之中断,虽然它淹没中国的亿万生灵……"

这真是《山海经》了。麦尔维尔只解诺亚避洪,未闻大禹治水罢了。窃笑一声,我继续读下去:"南太基人生活在海上,像松鸡生活在平原;他们遁于波间,他们攀波浪像羚羊的猎人攀阿尔卑斯。陆上无家的海鸥,日落时收敛双翼,在波间摇撼入梦;相同地,夜来时,南太基人望不见陆地,卷起船帆卧下来休息,就在他们枕下,成群的海象和鲸冲波来去。"

不知何时雨已经歇了。下面的街上开始有人走动。不久,卵石道上曳过辘辘的车声。壁灯的黄晕,在渐明的曙色里显得微弱起来。阖上厚达八百页的《白鲸记》,捻熄了壁灯,我走向略有红意的曙色,把窗扉推开。蔷薇的嘘息浮在空中,犹有湿湿的雨味自泥中漾起。清晨嫩得簇簇新,没有一条皱纹。当街一排大榆树,垂着新沐的绿发,背光处的丛叶叠着层次不同的翠黑。饮着洗得透明的空气,忽然,我感到饿了。

从"殖民客栈"出来,一个灿亮而凉爽的早晨在外面迎我,立刻感觉头脑清醒,肺叶纯净,每一次呼吸都是一次新生。出了窄巷子,满身鲜翠的树影,榆树重叠着枫叶的影子,在刚炼出炉的金阳光中,一拍,便全部抖落了。粗卵石铺砌的大街上,晨曦亮得撩人眉睫。两边的红砖人行道,浮着荇藻纵横的树荫。菜贩子,瓜果贩子,卖花童子,在薄雾中张罗各自的摊位,烘出一派朝气。那淡淡的雾氛,要叠叠不拢,要牵牵不破,在无风的空中悬着一张光之网。

大街向港口斜斜敞开,蓝色的水平被高矮不齐的船桅所分割,白漆的船身迎着太阳加倍地晃眼。星条旗在联邦邮局的上空微微拂动。圣玛丽天主堂从殖民式的白屋间巍然升起。终于走进一家海味店,点了一碗蛤蜊浓羹,面海而坐。港内泊着百十来只精巧的游艇和渔船,密樯稠桅之间,船的白和水的蓝对比得鲜丽刺眼。港外,是鸥的跑道鲸的大街,是盛得满满蓝得恍恍惚惚的大西洋。这里是南太基,十九世纪中叶以前,这里是渔人的迦太基帝国,世界捕鲸业的京城。一八四〇年,全盛期的南太基点亮了大半个世界的蜡烛,那时,眼前的这港中,矗立七十艘三桅捕鲸船的幢幢帆影。在那以前,岛上住着四个印第安部落。然后是十七世纪的教友派移民。然后有人用三十金镑外加两顶海狸帽子就把南太基买了下来。但那些都是好久好久以前的事了。阖上厚厚的《白鲸记》,就统统给盖起来了。不信,你可以去问大西洋,它一定蓝成一种健忘的蓝来,把一切一切赖得一干二净。"哪,你点的蛤蜊浓羹!"浆得挺硬的女侍的白衣裙遮住了港景。

食罢蛤羹,沿着已经醒透了的大街缓缓步回市中心,向岛上唯一的租车行租到一辆敞篷汽车。那是一辆老克莱斯勒,车身高耸而轮廓鲁钝,一副方头大耳的土像,叙起年资来,至少至少是一九五六、一九五七年以前的出品,可以当我那辆小道奇的舅公而有余。只好付了五十元押金,跨上招摇的驾驶台,敧斜倾侧,且吆且喝地一路闯出城去。

过了浸信会教堂,过了曾掀起荷兰风的十七世纪老磨坊,老克莱斯勒转进一条接一条的红砖巷子。丛丛盛开的白蔷薇红玫瑰,从乳色的矮围栅里攀越出来,在蜘蛛吐丝的无风的晴朗里,从容地,把上午酿得好香。更灿更烂的花簇,从浅青的斜屋顶上泻落到篱门或夏廊,溅起多少浪沫。已经是九点多钟了,还有好多红顶白墙的漂亮楼房,赖在深邃的榆荫里不出来晒太阳。一出了橙子街,公路便豪阔地展开在沙岸,向司康赛那边伸延过去。我向油门狠狠踩下,立刻召来长长的海风,自起潮的水面。没遮拦的敞篷车在更没遮拦的荒地上迎风而起,我的鬓发,我的四肢百骸千万个汗毛孔皆乘风而起,变成一只怪狼狈的风筝。麦尔维尔所说一草成林的罕象,委实是夸张了。也许百年前确是如此,但眼前的海岸上,虽因岛小风大高树难生,在浅沼和洼地之间,仍有一蓬蓬的蓟和矮灌木。沙地起伏成缓缓的土丘。除了一座遗世独立的灯塔和几堆为世所遗的苍黑色块垒,此外,便只有一片蓝蒙蒙的虚无,名字叫大西洋,从此地一直虚无到欧洲。吞吐洋流的硕大海兽,仍在虚无的蓝域中,喷洒水柱,对着太阳和月光和诺亚以前就是那样子的星象。十九世纪似乎从未发生过,《白鲸记》只是一个雄壮的谣言,麦尔维尔的玩笑开得太大了。魁怪客,塔士提哥,依希美尔和阿哈布船长。麦老胡子啊,倒真像有那回事似的。

在纯然的蓝里浸了好久。天蓝蓝,海蓝蓝,发蓝蓝,眼蓝蓝,记忆亦蓝蓝乡愁亦蓝蓝复蓝蓝。天是一个珐琅盖子,海是一个瓷釉盒子,将我盖在里面,要将我咒成一个蓝疯子,青其面而蓝其牙,再掀开盖子时,连我的母亲也认不出是我了。我的心因荒凉而颤抖。台湾的太阳在水陆球的反面,等他来救我时,恐怕我已经蓝入膏肓,且蓝发而死,连蓝遗嘱也未及留下。细沙岸上,曝着被鸥啄空了的鳀骸,连绵数里的腐鱼腥臭。乃知死亡不必是黑色的。巴巴地从纽约赶到这荒岛上来,没有看到充塞乎天地之间的那座白鲸,没有看到鼓潮驱浪的巨鲸队,不,连一扇鲸尾都没有看到,只捡到满湾的小鳀尸骸。我迟来了一百多年。除非敲开一道蓝色的门,观海神于千寻之下,再也看不到十九世纪的捕鲸英雄了,再也看不到殉宝的海盗船,为童贞女皇开拓海疆的舰队,看不见,滑腻而性感的雌人鱼。海是最富的守财奴,永不泄露秘密的女巫。我迟来了好几千年。

我看我还是回去的好。风渐起。浪渐起。那蓝眼巫的咒语愈念愈凶了。何必调遣那么多海里的深阔,来威胁一个已够荒凉的异乡人?蓝色的宇宙围成三百六十度的隔绝,将一切都隔绝在蓝的那边,将我隔绝在蓝的这边,在一个既不古代也不现代的遗忘里。因为古代已锁在塔里,而我的祖国,已锁在我胸中,肺结核一般锁在我胸中。因为现代在高速而晕眩的纽约,食蚁兽吮人一般的纽约。因为你是不现实而且不成熟的,异乡人,只为了崇拜一支男得充血的笔,一种雄厚如斧野犷如碑的风格,甘愿在大西洋的水牢里,做海神的一夕之囚。因为像那只运斤手一样,你也嗜伐嗜斩,总想向一面无表情的石壁上砍出自己的声音来。因为像它一样,你也罹了史诗的自大狂,幻想你必须饮海止渴嚼山充饥,幻想你的呼吸是神的气候,且幻想你的幻想是现实。

敞篷车在蓝色的吆喝声中再度振翼,向南太基港。所有的浪全卷过来拦截。回程船票仍在我袋中,渡轮仍在港里。这是越狱的唯一机会了。风渐小,浪渐不可闻。进了市区,在捕鲸业博物馆前停下来,不熄引擎,任克莱斯勒喃喃诉苦如一只大号的病猫。仍想在离去前再闯一次十九世纪的单行道。一跨进梁木枒杈的大陈列室,我的心膨胀起来。二十世纪被摒于门外。这是古鲸业史诗的资料室。百年前千年前的潮涨潮落,人与海的争雄与巍巍黑兽群的肉搏,节奏铿然起自每一件遗物。泪,从我的眶中溢出。泪是咸的,泪是对海的一声回答,说,我原自咸中来我不能忘记。在吊空的帆索和锚链下走过去,在四分仪和六分仪之间,在三桅

船的模型和航海日志和单筒望远镜之间走过去，向一艘捕鲸快
艇的真迹，耳际是十九世纪的风声，是鳕角到好望角到南中国海
的涛声。我似乎呼吸着阿哈布船长呼吸过的恐怖和绝望的愤怒。
昂起头来，横木板钉成的阔壁上，犀利的短渔叉排列成严厉的秩
序，两柄长铁叉斜交而倚于其间。这是捕鲸人的兵器架。这些嗜
血的凶手仍保持金属敌意的沉默，铮铮钹钹的沉默，虽然它们熟
悉掷叉手的膂力和孤注一掷的意志，熟悉山岳般黑色的惊惶和
绝望，和十几英亩的蓝被捣成鼎沸的白的那种混乱。

　　在一片巨大的阴影下回过头来，赫然，一柱史无前例的双头
狼牙棒，头下尾上地倒立着，阻我的去路，石灰色的匙形骨分峙
在左右，交合处是柱的根部。目光攀柱而上，越过粗大的梁木，止
于柱尖的屋顶。两排巨齿深深地嵌在牙床里，最低的齿间钉着一
张硬卡片，上书："世界最大鲸颚，长十八英尺，左右齿数各为二
十三。雄鲸身长八十三英尺。"所以这便是鱼类的砧板啊渔人万
劫不复的地狱门！塔土提哥们魁怪客们走过去便走不过来了。独
脚船长走过去便走不回来了。我走过来了可能走——渡轮的汽
笛忽然响起，震动整个海港，而尤为重要的是，震破了蓝眼巫咒
语的效力，及时震断了我的迷失和晕眩。大陆在砧板和地狱门的
那边喊我，未来的一切在门外等我。因为，汽笛又响了。南太基
啊，我想我应该走了。

一九六六年九月二十六日

附注：南太基(Nantucket)是美国东北角马萨诸塞州鳕
岬之南的一个小岛，长十四英里，宽三点五英里，距大陆约

三十英里。十七世纪以迄十九世纪中叶,南太基一直是世界捕鲸业及制烛业中心之一。麦尔维尔(Herman Melville)的不朽巨著《白鲸记》(Moby Dick)开卷数章即以该岛为背景。一九六五年六月三十日,特去岛上一游,俾翻译《白鲸记》时,更能把握其气氛。文中所引"南太基"一章各段,原系艺术效果的安排,因此颇有删节,幸勿以译文不全罪我。

丹佛城

——新西域的阳关

城，是一片孤城。山，是万仞石山。城在新的西域。西域在新的大陆。新大陆在一九六九的初秋。你问：谁是张骞？所有的白杨都在风中摇头，萧萧。但即使新大陆也不太新了。四百年前，还是红番各族出没之地，侠隐和阿拉帕火的武士纵马扬戈，呼啸而过。然后来了西班牙人。然后来了联邦的骑兵。忽然发一声喊："黄金，黄金，黄金！"便召来汹涌的淘金潮，喊热了荒冷的西部。于是凭空矗起了奥马哈，丹佛，雷诺。最后来的是我，来教淘金人的后人如何淘如何采公元前东方的文学——另一种金矿，更贵，更深。这件事，不想就不想，一想，就教人好生蹊跷。

一想起西域，就觉得好远，好空。新西域也是这样。科罗拉多的面积七倍于台湾，人口不到台湾的七分之一。所以西出阳关，不，我是说西出丹佛，立即车少人稀。事实上，新西域四巷竞走的现代驿道，只是千里漫漫的水泥荒原，只能行车，不可行人。往往,驶了好几十里,复不见人,鹿、兔、臭鼬之类倒不时掠过车前。西出阳关,何止不见故人,连红人也见不到了。

只见山。在左。在右。在前。在后。在脚下。在额顶。只有山永远在那里,红人搬不走,淘金人也淘它不空。在丹佛城内,沿任何平行的街道向西,远景尽处永远是山。西出丹佛,方觉地势渐险,已惊怪石当道,才一分钟,早陷入众峰的重围了。于是蔽天塞地的落基大山连嶂竞起,交苍接黛,一似岩石在玩叠罗汉的游戏。而要判断最后是哪一尊罗汉最高,简直是不可能的。因为三盘九弯之后,你以为这下子总该登峰造极了吧,等到再转一个坡顶,才发现后面,不,上面还有一峰,在一切借口之外傲然拔起,耸一座新的挑战。这样,山外生山,石上擎石,逼得天空也让无可让了。因为这是科罗拉多,新西域的大石帝国,在这里,石是一切。落基山是史前巨恐龙的化石,蟠蟠蜿蜿,矫乎千里,龙头在科罗拉多,犹有回首攫天吐气成云之势,龙尾一摆,伸出加拿大之外,昂成阿拉斯加。对于大石帝国而言,美利坚合众国只是两面山坡拼成,因为所谓"大陆分水岭"(Continental Divide),鼻梁一样,不偏不颇切过科罗拉多的州境。我说这是大石帝国,因为石中最崇高的一些贵族都簇拥在这里,成为永不退朝的宫廷。海拔一万四千英尺以上的雪峰,科罗拉多境内,就拥有五十四座,郁郁垒垒,亿万兆吨的花岗岩片麻岩在重重叠叠的青苍黯黯之上,擎起炫人眼眸的皑皑,似乎有一个冷冷的声音在上面说:最白的即是最高。也就难怪丹佛的落日特别的早,四点半钟出门,天就黑下来了。西望落基诸峰,横障着多少重多少重的翠屏风啊!西行的车辆,上下盘旋为劳,一过下午三点,就落进一层深似一层的山影中了。

树,是一种爱攀山的生命,可是山太高时,树也会爬不上去的。秋天的白杨,千树成林,在熟得不能再熟的艳阳下,迎着已寒的山风翻动千层的黄金,映入眉眼,使灿烂的秋色维持一种动态美。世彭戏呼之为"摇钱树",化俗为雅,且饶谐趣。譬如白杨,爬到八千多英尺,就集体停在那里,再也爬不上去了。再高,就只有针叶直干的松杉之类能够攀登。可是一旦高逾一万二三千英尺,越过了所谓"森林线"(timber line),即高贵挺拔的柏树也不胜苦寒,有时整座森林竟会秃毙在岭上,苍白的树干平行载立得触目惊心,车过时,像检阅一长列死犹不仆的僵尸。

入山一深,感觉就显得有点异样。空气稀薄,呼吸为难,好像整座落基山脉就压在你胸口。同时耳鸣口干,头晕目涩,暂时产生一种所谓"高眩"(vertigo)的症状。耶诞之次日,叶珊从西岸飞来山城,饮酒论诗,谈天说地,相与周旋了七夕才飞去。一下喷射机,他就百症俱发,不胜晕山之苦。他在伯克利住了三年,那里的海拔只有七十五英尺,一听我说丹佛的高度是五千二百八十,他立刻心乱意迷,以后数日,一直眼花落井,有若梦游。乃知枕霞餐露、骑鹤听松等等传说,也许可以期之费长房王子乔之属,像我们这种既抛不掉身份证又缺不了特效药的凡人,实在是难可与等期啊。费长房王子乔渺不可追,倒也罢了。来到大石帝国之后,竟常常想念两位亦仙亦凡的人物:一位是李白,另一位是米芾。不提苏轼,当然有欠公平,可是高处不胜寒的人,显然是不宜上落基山的。至于韩愈那样"小鸡"气,上华山而不敢下,竟觳觫坐地大哭,"恐高症"显然进入三期,不来科罗拉多也罢。李白每次登高,都兴奋得很可笑也很可爱。在峨眉山顶,"余亦能高咏"的狂士,居然"不敢高声语,恐惊天上人",真是憨得要命吧。只是跟这样的人一起驾车,安全实在可忧。我来丹佛,驾车违禁的传票已经拿过四张。换了李白,斗酒应得传票百张。至于米蒂那石癫,见奇石必衣冠而拜,也是心理分析的特佳对象。我想他可能患有一种"岩石意结"(rock complex),就像屈原可能患有"花狂"(floramania)一样。石奇必拜,究竟是什么用意呢?拜它的清奇高古呢,还是拜它的头角峥嵘?拜它的坚贞不移呢,还是拜它的神骨仙姿?总之这样的石痴石癖,若登落基大山,一定大有可观,说不定真会伏地不起,蝉蜕而成拜石教主呢。

说来说去,登高之际,生理的不适还在其次,心理的不安恐怕更难排除。人之为物,卑琐自囿得实在可悯。上了山后,于天为近,于人为远,一面兴奋莫名,飘飘自赏,一面又惶恐难喻,悚然以惊,怅然以疑。这是因为登高凌绝,灵魂便无所逃于赤裸的自然之前,而人接受伟大和美的容量是有限的,一次竟超过这限度,他就有不胜重负之感。将一握畏怯的自我,毫无保留地掷入大化,是可惧的。一滴水落入海中,是加入,还是被并吞?是加入的喜悦,还是被吞的恐惧?这种不胜之感,恐怕是所谓"恐闭症"的倒置吧。也许这种感觉,竟是放大了的"恐闭症"也说不定,因为入山既深,便成山囚,四望莫非怪石危壁,可堪一惊。因为人实在已经被文明娇养惯了,一旦拔出红尘十丈,市声四面,那种奇异的静便使他不安。所以现代人的狼狈是双重的:在工业社会里,他感到孤绝无援,但是一旦投入自然,他照样难以欣然神会。

而无论入山见山或者入山浑不见山,山总在那里是一个事实。也许踏破名山反而不如悠然见南山。时常,在丹佛市的闹街驶行,一脉青山,在车窗的一角悠然浮现,最能动人清兴。我在寺钟女子学院的办公室在崔德堂四楼,斜落而下的鳞鳞红瓦上,不时走动三五只灰鸽子,嘀嘀咕咕一下午的慵倦和温柔。偶尔,越过高高的橡树顶,越过风中的联邦星条旗和那边惠德丽教堂的联鸣钟楼,落基诸峰起伏的山势,似真似幻地涌进窗来。在那样的距离下,雄浑的山势只呈现一勾幽渺的轮廓,若隐若现若一弦琴音。最最壮丽是雪后,晚秋的太阳分外灿明,反映在五十英里外的雪峰上,皎白之上晃荡着金红的霞光,那种精巧灵致的形象,使一切神话显得可能。

每到周末,我的车首总指向西北,因为世彭在丹佛西北二十五英里的科罗拉多大学教书,他家就在落基山黛青的影下。那个山城就叫波德(Boulder),也就是庞然大石之义。一下了超级大道,才进市区,嵯峨峻峭的山势,就逼在街道的尽头,举起那样沉重的苍青黛绿,俯临在市镇的上空,压得你抬不起眼睑。愈行愈近,山势愈益耸起,相对地,天空也愈益缩小,终于巨岩争立,绝壁削面而上,你完完全全暴露在眈眈的巉岩之中。每次进波德市,我都要猛吸一口气,而且坐得直些。

到了山脚下的杨宅,就像到了家里一样,不是和世彭饮酒论戏(他是科大的戏剧教授),便是和他好客的夫人惟全摊开楚河汉界,下一盘象棋。晚餐后,至少还有两顿宵夜,最后总是以鬼故事结束。子夜后,市镇和山都沉沉睡去,三人才在幢幢魅影之中,怵然上楼就寝。他们在楼上的小书房里,特为我置了一张床,我戏呼之为"陈蕃之榻"。戏剧教授的书房,不免挂满各式面具。京戏的一些,虽然怒目横眉,倒不怎么吓人,唯有一张歌舞伎的脸谱,石灰白的粉面上,一对似笑非笑的细眼,红唇之间嚼着一抹非齿非舌的墨黑的什么,妩媚之中隐隐含着狰狞。只要一进门,她的眼睛就停在我的脸上,眯得我背脊发麻。所以第一件事就是把她取下来,关到抽屉里去。然后在落基山隐隐的鼾息里,告诉自己这已经够安全了,才勉强裹紧了毛毡入睡。第二天清晨,拉开窗帷,一大半是山,一小半是天空。而把天挤到一边去的,是屹屹于众山之上和白雾之上的奥都本峰,那样逼人眉睫,好像一伸臂,就染得你满手的草碧苔青。从波德出发,我们常常深入落基山区。九月间,到半山去看白杨林子,在风里炫耀黄金,回来的途中,系一枝白杨在汽车的天线上,算是俘虏了几片秋色。中秋节的午夜,我们一直开到山顶,在盈耳的松涛中,俯瞰三千英尺下波德的夜市。也许是心理作用,那夜的月色特别清亮,好像一抖大衣,便能抖落一地的水银。山的背后是平原是沙漠是海,海的那边是岛,岛的那边是大陆,旧大陆上是长城是汉时关秦时月。但除了寂寂的清辉之外,头顶的月什么也没说。抵抗不住高处的冷风,我们终于躲回车中,盘盘旋旋,开下山来。

　　月下的山峰,景色的奇幻,只有雪中的山峰可以媲美。先是世彭说了一个多月,下雪天一定要去他家,围着火锅饮酒听戏,然后踏雪上山,看结满坚冰的湖和山涧。他早就准备了酒、花生和一大锅下酒菜,偏偏天不下雪。然后十月初旬的一个早晨,在异样的寂静中醒来,觉得室内有一种奇幻的光。然后发现那只是一种反射,一层流动的白光浮漾在天花板上。四周阒阒寞寞,下面的街上更无一点车声。心知有异,立刻披衣起床。一拉窗帷,那样一大幅皎白迎面给我一掴,打得我猛抽一口气。好像是谁在一挥杖之间,将这座钢铁为筋水泥为骨的丹佛城吹成了童话的魔境,白天白地,冷冷的温柔覆盖着一切。所有的树都枝柯倒悬如垂柳,不胜白天鹅绒的重负。而除了几缕灰烟从人家烟囱的白烟斗里袅袅升起之外,茫然的白毫无遗憾的白将一切的一切网在一片惘然的忘记之中。目光尽处，落基山峰已把它重吨的沉雄和苍古羽化为几两重的一盘奶油蛋糕，好像一只花猫一舐就可以舐净那样。白。白。白。白外仍然是白外仍然是不分郡界不分州界的无疵的白，那样六角的结晶体那样小心翼翼的精灵图案一英寸一英寸地接过去接成了千里的虚无什么也不是的美丽，而新的雪花如亿万张降落伞似的继续在降落，降落在落基山的蛋糕上那边教堂的钟楼上降落在人家电视的天线上最后降落在我没戴帽子的发上。当我冲上街去张开双臂几乎想大嚷一声结果只喃喃地说：冬啊冬啊你真的来了我要抱一大捧回去装在航空信封里寄给她一种温柔的思念美丽的求救信号说我已经成为山之囚后又成为雪之囚白色正将我围困。雪花继续降落，蹑手蹑脚，无声地依附在我的大衣上。雪花继续降落，像一群伶俐的精灵在跟我捉迷藏，当我发动汽车，用雨刷子来回驱逐挡风玻璃上的积雪。

最过瘾是在第二天，当积雪的皑皑重负压弯了枫榆和黑橡的枝丫，且造成许多断柯。每条街上都多少纵横着一些折枝，汽车迂回绕行其间，另有一种雅趣。行过两线分驶的林荫大道，下面溅起吱吱响的雪水，上面不时有零落的雪块自高高的枝丫上滑下，砰然落在车顶，或坠在挡风玻璃上，扬起一阵飞旋的白霰。这种美丽的奇袭最能激人豪兴，于是在加速的驶行中我吆喝起来，亢奋如一个马背的牧人。也曾在五湖平原的密歇根冻过两个冰封的冬季，那里的雪更深，冰更厚，却没有这种奇袭的现象，因为中西部下雪，总在感恩节的前后，到那时秋色已老，叶落殆尽，但余残枝，因此雪的负荷不大。丹佛城高一英里，所谓高处不胜寒，一到九月底十月初，就开始下起雪来，有的树黄叶未落，有的树绿叶犹繁,乃有折枝满林断柯横道的异景。等到第三天,积雪成冰,枝枝丫丫就变成一丛丛水晶的珊瑚,风起处,琅琅相击有声。冰柱从人家的屋檐上倒垂下来,扬杖一挥,乒乒乓乓便落满一地的碎水晶。我的白车车首也悬满冰柱,看去像一只乱髭髡鬓的大号白猫,狼狈而可笑。

高处不胜寒,孤峙在新西域屋顶上的丹佛城,入秋以来,已然受到九次风雪的袭击。雪大的时候,丹佛城瑟缩在零下的气温里,如临大敌,有人换上雪胎,有人在车胎上加上铁链,辚辚辘辘,有一种重坦克压境的声威。州公路局的扫雪车全部出动,对空降的冬之白旅展开防卫战,在除雪之外,还要向路面的顽雪坚冰喷沙撒盐,维持数十万辆汽车的交通。我既不换雪胎,更不能忍受铁链铿铿对耳神经的迫害,因此几度陷在雪泥深处,不得不借路人之力,或者招来庞然如巨型螳螂的拖车,克服美丽而危险的"白祸"。当然,这种不设防的汽车,只能绕着丹佛打转。上了一万英尺的雪山,没有雪胎铁链,守关人就要阻你前进。真正大风雪来袭的时候,地面积雪数英尺,空中雪扬成雾,百里茫茫,公路局就要在险隘的关口封山,于是一切车辆,从横行的黄貂鱼到猛烈的美洲豹到排天动地而来体魄修伟像一节火车车厢的重吨大卡车,都只能偃然冬蛰了。

就在第九次风雪围攻丹佛的开始,叶珊从西海岸越过万仞石峰飞来这孤城。可以说,他是骑在雪背上来的,因为从丹佛国际机场接他出来不到两分钟,那样轻巧的白雨就那样优优雅雅舒舒缓缓地下下来了。叶珊大为动容,说自从别了爱荷华,已经有三年不见雪了。我说爱荷华的那些往事提它做什么,现在来了山国雪乡,让我们好好聊一聊吧。当晚钟玲从威斯康星飞来,我们又去接她，在我的楼上谈到半夜，才冒着大雪送她回旅店。那时正是耶诞期间，"现代语文协会"在丹佛开年会，英文，法文，德文，意大利文，西班牙文，甚至中文日文的各种语文学者，来开会的多到八千人，一时咬牙切齿，喃喃喊喊，好像到了拜波之塔一样。第二天，叶珊正待去开会，我说："八千学者，不缺你一个，你不去，就像南极少了一头企鹅，谁晓得！"叶珊为他的疏懒找到一个遁词，心安理得，果然不甚出动，每天只是和我孵在一起，到了晚上，便燃起钟玲送我的茉莉蜡烛，一更，二更，三更，直聊到舌花谢尽眼花灿烂才各自爬回床去。临走前夕，为了及时送他去乘次晨七时的飞机，我特地买了一架华美无比的德产闹钟，放在他枕边。不料到时它完全不闹，只好延到第二天走。凭空多出来的一天，雪霁云开，碧空金阳的晴冷气候，爽朗得像一个北欧佳人。我载叶珊南下珂泉，去瞻仰有名的"众神乐园"。车过梁实秋闻一多的母校，叶珊动议何不去翻查两位前贤的"底细"。我笑笑说："你算了吧。"第二天清晨，闹钟响了，我的客人也走了。地上一排空酒瓶子，是他七夕的成绩。而雪，仍然在下着。

等到刘国松挟四十幅日月云烟也越过大哉落基飞落丹佛时，第九场雪已近尾声了。身为画家，国松既不吸烟，也不饮酒，甚至不胜啤酒，比我更清教。我常笑他不云不雨，不成气候。可是说到饕餮，他又胜我许多。于是风自西北来，吹来世彭灶上的饭香，下一刻，我们的白车便在丹佛波德间的公路上疾驶了。到波德正是半下午的光景，云翳寒日，已然西倾。先是前几天世彭和我踹着新雪上山，在皓皓照人的绝壁下，说这样的雪景，国松应该来膜拜一次才对。现在画家来了，我们就推他入画。车在势蟠龙蛇黛黑纠缠着皎白的山道上盘旋上升，两侧的冰壁上淡淡反映冷冷的落晖。寂天寞地之中，千山万山都陷入一种清癯而古远的冷梦，像在追忆冰河期的一些事情。也许白发的朗斯峰和劳伦斯峰都在回忆，六千万年以前，究竟是怎样孔武的一双手，怎样肌腱勃怒地一引一推，就把它们拧得这样皱成一堆，鸟在其中，兔和松鼠和红狐和山羊在其中，松柏和针枞和白杨在其中，科罗拉多河阿肯索河诞生在其中。道旁的乱石中，山涧都已结冰，偶然，从一个冰窟窿底，可以隐隐窥见，还没有完全冻死的涧水在下面琤琤玐玐地奔流，向暖洋洋的海。一个戴遮耳皮帽的红衣人正危立在悬崖上，向乱石堆中的几只啤酒瓶练靶，枪声瑟瑟，似乎炸不响凝冻的寒气，只擦出一条尖细的颤音。

转过一个石岗子，眼前豁然一亮，万顷皑皑将风景推拓到极远极长，那样空阔的白颤颤地刷你的眼睛。在猛吸的冷气中，一瞬间，你幻觉自己的睫毛都冻成了冰柱。下面，三百英尺下平砌着一面冰湖，从此岸到彼岸，一抚十英里的湖面是虚无的冰，冰，冰上是空幻的雪。此外一无所有，没有天鹅，也没有舞者。只有泠然的音乐，因为风在说，这里是千山啊万山的心脏，一片冰心，浸在白玉的壶里。如此而已，更无其他。忽然，国松和世彭发一声喊，挥臂狂呼像叫阵的印第安人，齐向湖面奔去。雪，还在下着。我立在湖岸，把两臂张到不可能的长度，就在那样空无的冰空下，一刹间，不知道究竟要拥抱天，拥抱湖，拥抱落日，还是要拥抱一些更远更空的什么，像中国。

一九七〇年一月

听听那冷雨

惊蛰一过,春寒加剧。先是料料峭峭,继而雨季开始,时而淋淋漓漓,时而淅淅沥沥,天潮潮地湿湿,即连在梦里,也似乎把伞撑着。而就凭一把伞,躲过一阵潇潇的冷雨,也躲不过整个雨季。连思想也都是潮润润的。每天回家,曲折穿过金门街到厦门街迷宫式的长巷短巷,雨里风里,走入霏霏令人更想入非非。想这样子的台北凄凄切切完全是黑白片的味道,想整个中国整部中国的历史无非是一张黑白片子,片头到片尾,一直是这样下着雨的。这种感觉,不知道是不是从安东尼奥尼那里来的。不过那一块土地是久违了,二十五年,四分之一的世纪,即使有雨,也隔着千山万山,千伞万伞。二十五年,一切都断了,只有气候,只有气象报告还牵连在一起。大寒流从那块土地上弥天卷来,这种酷冷吾与古大陆分担。不能扑进她怀里,被她的裾边扫一扫吧也算是安慰孺慕之情。

这样想时,严寒里竟有一点温暖的感觉了。这样想时,他希望这些狭长的巷子永远延伸下去,他的思路也可以延伸下去,不是金门街到厦门街,而是金门到厦门。他是厦门人,至少是广义的厦门人,二十年来,不住在厦门,住在厦门街,算是嘲弄吧,也算是安慰。不过说到广义,他同样也是广义的江南人,常州人,南京人,川娃儿,五陵少年。杏花春雨江南,那是他的少年时代了。再过半个月就是清明。安东尼奥尼的镜头摇过去,摇过去又摇过来。残山剩水犹如是。皇天后土犹如是。纭纭黔首纷纷黎民从北到南犹如是。那里面是中国吗?那里面当然还是中国永远是中国。只是杏花春雨已不再,牧童遥指已不再,剑门细雨渭城轻尘也都已不再。然则他日思夜梦的那片土地,究竟在哪里呢?

在报纸的头条标题里吗?还是香港的谣言里?还是傅聪的黑键白键马思聪的跳弓拨弦?还是安东尼奥尼的镜底勒马洲的望中?还是呢,故宫博物院的壁头和玻璃橱内,京戏的锣鼓声中太白和东坡的韵里?

杏花。春雨。江南。六个方块字,或许那片土就在那里面。而无论赤悬也好神州也好中国也好,变来变去,只要仓颉的灵感不灭美丽的中文不老,那形象,那磁石一般的向心力当必然长在。因为一个方块字是一个天地。太初有字,于是汉族的心灵他祖先的回忆和希望便有了寄托。譬如凭空写一个"雨"字,点点滴滴,滂滂沱沱,淅沥淅沥淅沥,一切云情雨意,就宛然其中了。视觉上的这种美感,岂是什么 rain 也好 pluie 也好所能满足?翻开一部《辞源》或《辞海》,金木水火土,各成世界,而一入"雨"部,古神州的天颜千变万化,便悉在望中,美丽的霜雪云霞,骇人的雷电霹雳,展露的无非是神的好脾气与坏脾气,气象台百读不厌门外汉百思不解的百科全书。

听听,那冷雨。看看,那冷雨。嗅嗅闻闻,那冷雨。舔舔吧,那冷雨。雨在他的伞上这城市百万人的伞上雨衣上屋上天线上,雨下在基隆港在防波堤在海峡的船上,清明这季雨。雨是女性,应该最富于感性。雨气空濛而迷幻,细细嗅嗅,清清爽爽新新,有一点点薄荷的香味,浓的时候,竟发出草和树沐发后特有的淡淡土腥气,也许那竟是蚯蚓和蜗牛的腥气吧,毕竟是惊蛰了啊。也许地上的地下的生命也许古中国层层叠叠的记忆皆蠢蠢而蠕,也许是植物的潜意识和梦吧,那腥气。

第三次去美国,在高高的丹佛他山居了两年。美国的西部,多山多沙漠,千里干旱,天,蓝似盎格鲁-撒克逊人的眼睛,地,红如印第安人的肌肤,云,却是罕见的白鸟。落基山簇簇耀目的雪峰上,很少飘云牵雾。一来高,二来干,三来森林线以上,杉柏也止步,中国诗词里"荡胸生层云",或是"商略黄昏雨"的意趣,是落基山上难睹的景象。落基山岭之胜,在石,在雪。那些奇岩怪石,相叠互倚,砌一场惊心动魄的雕塑展览,给太阳和千里的风看。那雪,白得虚虚幻幻,冷得清清醒醒,那股皑皑不绝一仰难尽的气势,压得人呼吸困难,心寒眸酸。不过要领略"白云回望合,青霭入看无"的境界,仍须回来中国。台湾湿度很高,最饶云气氤氲雨意迷离的情调。两度夜宿溪头,树香沁鼻,宵寒袭肘,枕着润碧湿翠苍苍交叠的山影和万籁都歇的岑寂,仙人一样睡去。山中一夜饱雨,次晨醒来,在旭日未升的原始幽静中,冲着隔夜的寒气,踏着满地的断柯折枝和仍在流泻的细股雨水,一径探入森林的秘密,曲曲弯弯,步上山去。溪头的山,树密雾浓,蓊郁的水汽从谷底冉冉升起,时稠时稀,蒸腾多姿,幻化无定,只能从雾破云开的空处,窥见乍现即隐的一峰半壑,要纵览全貌,几乎是不可能的。至少入山两次，只能在白茫茫里和溪头诸峰玩捉迷藏的游戏。回到台北，世人问起，除了笑而不答心自闲，故作神秘之外，实际的印象，也无非山在虚无之间罢了。云缭烟绕，山隐水迢的中国风景，由来予人宋画的韵味。那天下也许是赵家的天下，那山水却是米家的山水。而究竟，是米氏父子下笔像中国的山水，还是中国的山水上纸像宋画，恐怕是谁也说不清楚了吧？

雨不但可嗅，可观，更可以听。听听那冷雨。听雨，只要不是石破天惊的台风暴雨，在听觉上总是一种美感。大陆上的秋天，无论是疏雨滴梧桐，或是骤雨打荷叶，听去总有一点凄凉，凄清，凄楚，于今在岛上回味，则在凄楚之外，更笼上一层凄迷了。饶你多少豪情侠气，怕也禁不起三番五次的风吹雨打。一打少年听雨，红烛昏沉。两打中年听雨，客舟中，江阔云低。三打白头听雨在僧庐下，这便是亡宋之痛，一颗敏感心灵的一生：楼上，江上，庙里，用冷冷的雨珠子串成。十年前，他曾在一场摧心折骨的鬼雨中迷失了自己。雨，该是一滴湿漓漓的灵魂，窗外在喊谁。

雨打在树上和瓦上，韵律都清脆可听。尤其是铿铿敲在屋瓦上，那古老的音乐，属于中国。王禹偁在黄冈，破如椽的大竹为屋瓦。据说住在竹楼上面，急雨声如瀑布，密雪声比碎玉，而无论鼓琴，咏诗，下棋，投壶，共鸣的效果都特别好。这样岂不像住在竹筒里面，任何细脆的声响，怕都会加倍夸大，反而令人耳朵过敏吧。

雨天的屋瓦，浮漾湿湿的流光，灰而温柔，迎光则微明，背光则幽暗，对于视觉，是一种低沉的安慰。至于雨敲在鳞鳞千瓣的瓦上，由远而近，轻轻重重轻轻，夹着一股股的细流沿瓦槽与屋檐潺潺泻下，各种敲击音与滑音密织成网，谁的千指百指在按摩耳轮。"下雨了。"温柔的灰美人来了,她冰冰的纤手在屋顶拂弄着无数的黑键啊灰键,把晌午一下子奏成了黄昏。

在古老的大陆上,千屋万户是如此。二十多年前,初来这岛上,日式的瓦屋亦是如此。先是天暗了下来,城市像罩在一块巨幅的毛玻璃里,阴影在户内延长复加深。然后凉凉的水意弥漫在空间,风自每一个角落里旋起,感觉得到,每一个屋顶上都呼吸沉重覆着灰云。雨来了,最轻的敲打乐敲打这城市,苍茫的屋顶,远远近近,一张张敲过去,古老的琴,那细细密密的节奏,单调里自有一种柔婉与亲切,滴滴点点滴滴,似幻似真,若孩时在摇篮里,一曲耳熟的童谣摇摇欲睡,母亲吟哦鼻音与喉音。或是在江南的泽国水乡,一大筐绿油油的桑叶被啮于千百头蚕,细细琐琐屑屑,口器与口器咀咀嚼嚼。雨来了,雨来的时候瓦这么说,一片瓦说千亿片瓦说,说轻轻地奏吧沉沉地弹,徐徐地叩吧答答地打,间间歇歇敲一个雨季,即兴演奏从惊蛰到清明,在零落的坟上冷冷奏挽歌,一片瓦吟千亿片瓦吟。

在日式的古屋里听雨,听四月,霏霏不绝的黄梅雨,朝夕不断,旬月绵延,湿黏黏的苔藓从石阶下一直侵到他舌底,心底。到七月,听台风台雨在古屋顶上一夜盲奏,千寻海底的热浪沸沸被狂风挟来,掀翻整个太平洋只为向他的矮屋檐重重压下,整个海在他的蜗壳上哗哗泻过。不然便是雷雨夜,白烟一般的纱帐里听羯鼓一通又一通,滔天的暴雨滂滂沛沛扑来,强劲的电琵琶忐忑忑忑忑忑,弹动屋瓦的惊悸腾腾欲掀起。不然便是斜斜的西北雨斜斜,刷在窗玻璃上,鞭在墙上,打在阔大的芭蕉叶上,一阵寒濑泻过,秋意便弥漫日式的庭院了。

在日式的古屋里听雨,春雨绵绵听到秋雨潇潇,从少年听到中年,听听那冷雨。雨是一种单调而耐听的音乐是室内乐是室外乐,户内听听,户外听听,冷冷,那音乐。雨是一种回忆的音乐,听听那冷雨,回忆江南的雨下得满地是江湖下在桥上和船上,也下在四川在秧田和蛙塘下肥了嘉陵江下湿布谷咕咕的啼声。雨是潮潮润润的音乐下在渴望的唇上舐舐那冷雨。

因为雨是最最原始的敲打乐从记忆的彼端敲起。瓦是最最低沉的乐器灰蒙蒙的温柔覆盖着听雨的人,瓦是音乐是雨伞撑起。但不久公寓的时代来临,台北你怎么一下子长高了,瓦的音乐竟成了绝响。千片万片的瓦翩翩,美丽的灰蝴蝶纷纷飞走,飞入历史的记忆。现在雨下下来下在水泥的屋顶和墙上,没有音韵的雨季。树也砍光了,那月桂,那枫树,柳树和擎天的巨椰,雨来的时候不再有丛叶嘈嘈切切,闪动湿湿的绿光迎接。鸟声减了啾啾,蛙声沉了咯咯,秋天的虫吟也减了唧唧。二十世纪七十年代的台北不需要这些,一个乐队接一个乐队便遣散尽了。要听鸡叫,只有去《诗经》的韵里寻找。现在只剩下一张黑白片,黑白的默片。

正如马车的时代去后,三轮车的时代也去了。曾经在雨夜,三轮车的油布篷挂起,送她回家的途中,篷里的世界小得多可爱,而且躲在警察的辖区以外。雨衣的口袋越大越好,盛得下他的一只手里握一只纤纤的手。台湾的雨季这么长,该有人发明一种宽宽的双人雨衣,一人分穿一只袖子,此外的部分就不必分得太苛。而无论工业如何发达,一时似乎还废不了雨伞。只要雨不倾盆,风不横吹,撑一把伞在雨中仍不失古典的韵味。任雨点敲在黑布伞或是透明的塑胶伞上,将骨柄一旋,雨珠向四方喷溅,伞缘便旋成了一圈飞檐。跟女友共一把雨伞,该是一种美丽的合作吧。最好是初恋,有点兴奋,更有点不好意思,若即若离之间,雨不妨下大一点。真正初恋,恐怕是兴奋得不需要伞的,手牵手在雨中狂奔而去,把年轻的长发和肌肤交给漫天的淋淋漓漓,然后向对方的唇上颊上尝凉凉甜甜的雨水。不过那要非常年轻且激情,同时,也只能发生在法国的新潮片里吧。

　　大多数的雨伞想不会为约会张开。上班下班,上学放学,菜市来回的途中,现实的伞,灰色的星期三。握着雨伞,他听那冷雨打在伞上。索性更冷一些就好了,他想。索性把湿湿的灰雨冻成干干爽爽的白雨,六角形的结晶体在无风的空中回回旋旋地降下来,等须眉和肩头白尽时,伸手一拂就落了。二十五年,没有受故乡白雨的祝福,或许发上下一点白霜是一种变相的自我补偿吧。一位英雄,禁得起多少次雨季? 他的额头是水成岩还是火成岩削成? 他的心底究竟有多厚的苔藓? 厦门街的雨巷走了二十年与记忆等长,一座无瓦的公寓在巷底等他,一盏灯在楼上的雨窗子里,等他回去,向晚餐后的沉思冥想去整理青苔深深的记忆。前尘隔海。古屋不再。听听那冷雨。

　　　　　　　　　　　　　　一九七四年春分之夜

高速的联想

　　那天下午从九龙驾车回马料水，正是下班时分，大埔路上，高低长短形形色色的车辆，首尾相衔，时速二十五英里。一只鹰看下来，会以为那是相对爬行的两队单角蜗牛，单角，因为每辆车只有一根收音机天线。不料快到沙田时，莫名其妙地塞起车来，一时单角的蜗牛都变成了独须的病猫，废气暖暖，马达喃喃，像集体在腹诽狭窄的公路。熄火又不能，因为每隔一会，整条车队又得蠢蠢蠕动。前面究竟在搞什么鬼，方向盘的舵手谁也不知道。载道的怨声和咒语中，只有我沾沾自喜，欣然独笑。俯瞥仪表板上，从左数过来第七个蓝色钮键，轻轻一按，我的翠绿色小车忽然离地升起，升起，像一片逍遥的绿云牵动多少愕然仰羡的眼光，悠悠扬扬向东北飞逝。

　　那当然是真的：在拥挤的大埔路上，我常发那样的狂想。我爱开车。我爱操纵一架马力强劲反应灵敏野蛮又柔驯的机器，我爱方向盘在掌中微微颤动四轮在身体下面平稳飞旋的那种感觉,我爱用背肌承受的压力去体会曲折起伏的地形、山势,一句话,我崇拜速度。阿拉伯的劳伦斯曾说:"速度是人性中第二种古老的兽欲。"以运动的速度而言,自诩万物之灵的人类是十分可怜的。褐雨燕的最高时速,是二百九十点五英里。狩猎的鹰在俯冲下扑时,能快到每小时一百八十英里。比赛的鸽子,有九十六点二九英里的时速。兽中最迅速的选手是豹和羚羊:长腿黑斑的亚洲豹,绰号"猎豹"者,在短程冲刺时,时速可到七十英里,可惜五百码后,就降成四十多英里了;又角羚羊奋蹄疾奔,可以维持六十英里时速。和这些相比,"动若脱兔"只能算"中驷之才":英国野兔的时速不过四十五英里。"白驹过隙"就更慢了,骑师胯下的赛马每小时只驰四十三点二六英里。人的速度最是可怜,一百码之外只能达到二十六点二二英里的时速。

可怜的凡人,奔腾不如虎豹,跳跃不如跳蚤,游泳不如旗鱼,负重不如蚂蚁,但是人会创造并驾驭高速的机器,以逸待劳,不但突破自己体能的极限,甚至超迈飞禽走兽,意气风发,逸兴遄飞之余,几疑可以追神迹,蹑仙踪。高速,为什么令人兴奋呢?生理学家一定有他的解释,例如循环加速,心跳变剧等等。但在心理上,至少在潜意识里,追求高速,其实是人与神争的一大欲望:地心引力是自然的法则,也就是人的命运,高速的运动就是要反抗这法则,虽不能把它推翻,至少可以把它的限制压到最低。赛跑或赛车的选手打破世界纪录的那一刹那,是一闪宗教的启示,因为凡人体能的边疆,又向前推进了一步,而人进一步,便是神退一步,从此,人更自由了。

滑雪,赛跑,游泳,赛车,飞行等等的选手,都称得上是英雄。他们的自由和光荣是从神手里,不是从别人的手里,夺过来的。

他们所以成为英雄，不是因为牺牲了别人，而是因为克服了自然，包括他们自己。

若论紧张刺激的动感，高速运动似乎有这么一个原则，就是：凭借的机械愈多，和自然的接触就愈少，动感也就减小。赛跑，该是最直接的运动。赛马，就间接些，但凭借的不是机械，而是一匹汗油生光肌腱勃怒奋鬣扬蹄的神驹。最间接的，该是赛车了，人和自然之间，隔了一只铁盒，四只轮胎。不过，愈是间接的运动，就愈高速。这对于生就低速之躯的人类说来，实在是一件难以两全的事情。其他动物面对自己天生的体速，该都是心安理得，受之怡然的吧？我常想，一只时速零点零三英里的蜗牛，放在跑车的挡风玻璃里去看剧动的世界，会有怎样的感受？

许多人爱驾敞篷的跑车，就是想在高速之中，承受、享受更多的自然：时速超过七十五英里，八十英里，九十英里，全世界轰然向你扑来，发交给风，肺交给激湍洪波的气流，这时，该有点飞的感觉了吧。阿拉伯的劳伦斯有耐性骑骆驼，却不耐烦驾驶汽车：他认为汽车是没有灵性的东西，只合在风雨中乘坐。从沙漠回到文明，才下了驼背，他便跨上电单车，去拜访哈代和萧伯纳。他在电单车上，每月至少驰骋两千四百英里，快的时候，时速高达一百英里，终因车祸丧生。

我骑过五年单车，也驾过四年汽车，却从未驾过电单车，但劳伦斯驰骤生风的豪情，我可以仿佛想象。电单车的骁腾慓悍，远在单车之上，而冲风抢路身随车转的那种投入感，更远胜靠在桶形椅背踏在厚地毯上的方向盘舵手。电影《逍遥游》(*Easy Rider*)里，三骑士在美国西南部的沙漠里直线疾驰的那一景，在摇滚乐亢奋的节奏下，是现代电影的一大高潮。我想，在潜意识里,现代少年是把桀骜难驯的电单车当马骑的:现代骑士仍然是戴盔着靴,而两脚踏镫双肘向外分掌龙头两角的骑姿,却富于浪漫的夸张,只有马达的厉啸逆人神经而过,比不上古典的马嘶。现代车辆的引擎,用马力来标示电力,依稀有怀古之风。准此,则敞篷车可以比拟远古的战车,而四门的"轿车"(sedan)更是复古了。二十世纪六十年代的中期,福特车厂驱出的"野马"(Mustang)号拟跑车,颈长尾短,慓悍异常,一时纵横于超级公路,逼得克莱斯勒车厂只好放出一群修矫灵猛的"战马"(Charger)来竞逐。

我学开车,是在一九六四年的秋天。当时我从皮奥瑞亚去爱荷华访叶珊与黄用,一路上,火车误点,灰狗的长途车转车费时,这才省悟,要过州历郡亲身去纵览惠特曼和桑德堡诗中体魄雄伟的美国,手里必须有一个方向盘。父亲在国内闻言大惊,一封航空信从松山飞来,力阻我学驾车。但无穷无尽更无红灯的高速公路在敻阔自由的原野上张臂迎我,我的逻辑是:与其把生命交托给他人,不如握在自己的手里。学了七小时后,考到了驾驶执照。发那张硬卡给我的美国警察说:"公路是你的了,别忘了,命也是你的。"

奇妙的方向盘,转动时世界便绕着你转动,静止时,公路便平直如一条分发线。前面的风景为你剖开,后面的背景呢,便在反光镜中缩成微小,更微小的幻影。时速上了七十英里,反光镜中分巷的白虚线便疾射而去如空战时机枪连闪的子弹,万水千山,记忆里,漫漫的长途远征全被魔幻的反光镜收了进去,再也不放出来了。"欢迎进入内布拉斯卡","欢迎来加利福尼亚","欢迎来内华达",闯州穿郡,记不清越过多少条边界,多少道税关。高速令人兴奋,因为那纯是一个动的世界,挡风玻璃是一望无餍的窗子,光景不息,视域无限,油门大开时,直线的超级大道变成一条巨长的拉链,拉开前面的远景蜃楼摩天绝壁拔地倏忽都削面而逝成为车尾的背景被拉链又拉拢。高速,使整座雪山簇簇的白峰尽为你回头,千顷平畴旋成车轮滚滚的辐辏。春去秋来,多变的气象在挡风窗上展示着神的容颜:风沙雨露和冰雪,烈日和冷月,沙漠里的飞蓬,草原夏夜密密麻麻的虫尸,扑面踹来大卡车轮隙踢起的卵石,这一切,都由那一方弧形的大玻璃共同承受。

从海岸到海岸,从极东的森林洞(Woods Hole)浸在大西洋的寒碧到太平洋暖潮里浴着的长堤,不断的是我的轮印横贯新大陆。坦荡荡四巷并驱的大道自天边伸来又没向天边。美利坚,卷不尽展不绝一幅横轴的山水只为方向盘后面的远眺之目而舒放。现代的徐霞客坐游异域的烟景,为我配音的不是古典的马蹄嘚嘚风帆飘飘,是八汽缸引擎轻快的低吟。

二十轮轰轰地翻滚,体格修长而魁梧的铝壳大卡车,身长数倍于一辆小轿车,超它时全身的神经紧缩如猛收一张网,胃部隐隐地痉挛,两车并驰,就像在狭长的悬崖上和一匹犀牛赛跑,真是疯狂。一时小车惊窜于左,重吨的货柜车奔腾而咆哮于右,右耳太浅,怎盛得下那样一旋涡的骚音?一九六五年初,一个苦寒凛冽的早晨,灰白迷蒙的天色像一块毛玻璃,道奇小车载我自芝加哥出发,碾着满地的残雪碎冰,一日七百英里的长征,要赶回盖提斯堡去。出城的州际公路上,遇上了重载的大货车队,首尾相衔,长可半英里,像一道绝壁蔽天水声震耳的大峡谷。不由分说,将我夹在缝里,挟持而去。就这样一直对峙到印第安纳州境,车行渐稀,才放我出峡。

后来驶车日久,这样的超车也不知经历过多少次了,浑不觉二十轮卡车有多威武,直到前几天,在香港的电视上看到了斯皮尔伯格导演的悚栗片《决斗》(*Duel*)。一位急于回家的归客,在野外公路上超越一辆庞然巨物的油车,激怒了高踞驾驶座上的隐身司机,油车变成了金属的恐龙怪兽,挟其邪恶的暴力盲目地冲刺,一路上天崩地塌火杂杂衔尾追来。反光镜里,惊瞥赫现那油车的车头已经是一头狂兽,而一进隧道,车灯亮起,可骇目光灼灼黑凛凛一尊妖牛。看过斯皮尔伯格后期作品《大白鲨》,就知道在《决斗》里,他是把那辆大油车当做一匹猛兽来处理的,但它比大白鲨更凶顽更神秘,更令人分泌肾上腺素。

香港是一个弯曲如爪的半岛,旁边错落着许多小岛,地形分割而公路狭险,最高的时速不过五十英里,一般时速都在四十英里以下,再好的车再强大的马力也不能放足驰骤。低速的大埔路上,蜗步在一串慢车的背影之后,常想念美国中西部大平原和西南部沙漠里,天高路邈,一车绝尘,那样无阻的开阔空旷。虽说能源的荒年,美国把超级公路的限速降为每小时五十五英里,去年八月我驶车在南加州,时速七十英里,也未闻警笛长啸来追逐。

更念烟波相接,一座多雨的岛上,多少现代的愚公,亚热带小阳春的艳阳下在移山开道,开路机的履带轧轧,铲土机的巨螯孔武地举起,起重机碌碌地滚着辘轳,为了铺一条巨毡从基隆到高雄,迎接一个新时代的驶来。那样壮阔的气象,四衢无阻,千车齐毂并驰的路景,郑成功、吴凤没有梦过,阿眉族、泰耶鲁族的民谣从不曾唱过。我要拣一个秋晴的日子,左窗亮着金艳艳的晨曦,从台北出发,穿过牧神最绿最翠的辖区,腾跃在世界最美丽的岛上;而当晚从高雄驰回台北,我要驰限速甚至纵一点超速,在亢奋的脉搏中,写一首现代诗歌咏带一点汽油味的牧神,像陶潜和王维从未梦过的那样。

更大的愿望,是在更古老更多回声的土地上驰骋。中国最浪漫的一条古驿道,应该在西北。最好是细雨霏霏的黎明,从渭城出发,收音机天线上系着依依的柳枝。挡风窗上犹浥着轻尘,而渭城已渐远,波声渐渺。甘州曲,凉州词,阳关三叠的节拍里车向西北,琴音诗韵的河西孔道,右边是古长城的雉堞隐隐,左边是青海的雪峰簇簇,白耀天际,我以七十英里高速驰入张骞的梦高适岑参的世界,轮印下重重叠叠多少古英雄长征的蹄印。

一九七七年一月

花 鸟

　　客厅的落地长窗外,是一方不能算小的阳台,黑漆的栏杆之间,隐约可见谷底的小村,人烟暖暖。当初发明阳台的人,一定是一位乐观外向的天才,才会突破家居的局限,把一个幻想的半岛推向户外,向山和海,向半空晚霞和一夜星斗。

　　阳台而无花,犹之墙壁而无画,多么空虚。所以一盆盆的花,便从下面那世界搬了上来。也不知什么时候起,栏杆三面竟已偎满了花盆,但这种美丽的移民一点也没有计划,欧阳修所谓的"浅深红白宜相间,先后仍须次第栽",是完全谈不上的。这么十几盆栽,有的是初来此地,不畏辛劳,挤三等火车抱回来的,有的是同事离开中大的遗爱,也有的,是买了车后供在后座带回来的。无论是什么来历,我们都一般看待。花神的孩子,名号不同,容颜各异,但迎风招展的神态都是动人的。

　　朝西一隅,是茎藤四延和栏杆已绸缪难解的九重葛,开的是一串串粉白带浅紫的花朵。右边是一盆桂苗,高只近尺,花时竟也有高洁清雅的异香,随风漾来。近邻是两盆茉莉和一盆玉兰。这两种香草虽不得列于《离骚》狂吟的芳谱,她们细腻而幽邃的远芬,却是我无力抵抗的。开窗的夏夜,她们的体香回泛在空中,一直远飘来书房里,嗅得人神摇摇而意惚惚,不能久安于座,总忍不住要推纱门出去,亲近亲近。比较起来,玉兰修长的白瓣香得温醇些,茉莉的丛蕊似更醉鼻餍心,总之都太迷人。

再过去是两盆海棠。浅红色的花,油绿色的叶,相配之下,别有一种民俗画的色调,最富中国韵味,而秋海棠叶的象征,从小已印在心头。其旁还有一盆铁海棠,虬蔓郁结的刺茎上,开出四瓣对称的深红小花。此花生命力最强,暴风雨后,只有她屹立不摇,颜色不改。再向右依次是绣球花,蟹爪兰,昙花,杜鹃。蟹爪兰花色洋红而神态凌厉,有张牙奋爪作势攫人之意,简直是一只花魇,令我不敢亲近。昙花已经绽过三次,一次还是双菡对开,真是吉夕素仙。夏秋之间,一夕盛放,皎白的千层长瓣,眼看她恣纵迅疾地展开,幽幽地吐出粉黄娇嫩的簇蕊,却像一切奇迹那样,在目迷神眩的异光中,甫启即闭了。一年含蓄,只为一夕的挥霍,大概是芳族之中最羞涩最自谦最没有发表欲的一妹了。

在这些空中半岛,啊不,空中花园之上,我是两园丁之一,专掌浇水,每日夕阳沉山,便在晚霞的浮光里,提一把白柄蓝身的喷水壶,向众芳施水。另一位园丁当然是阳台的女主人,专司杀虫施肥,修剪枝叶,翻掘盆土。有时蓓蕾新发,野雀常来偷食,我就攘臂冲出去,大声驱逐。而高台多悲风,脚下那山谷只敞对海湾,海风一起,便成了老子所谓"虚而不屈,动而愈出"的一具风箱。于是便轮到我一盆盆搬进屋来。寒流来袭,亦复如此。女园丁笑我是陶侃运甓。美,也是有代价的。

无风的晴日,盆花之间常依偎一只白漆的鸟笼。里面的客人是一只灰翼蓝身的小鹦鹉,我为它取名蓝宝宝。走近去看,才发现翅膀不是全灰,而是灰中间白,并带一点点蓝;颈背上是一圈圈的灰纹,两翼的灰纹则弧形相掩,饰以白边,状如鱼鳞。翼尖交叠的下面,伸出修长几近半身的尾巴,毛色深孔雀蓝,常在笼栏边拂来拂去。身体的细毛蓝得很轻浅,很飘逸。胸前有一片白羽,上覆浑圆的小蓝点,点数经常在变,少则两点,长全时多至六点,排成弧形,像一条项链。

蓝宝宝的可爱,不只外貌的娇美。如果你有耐性,多跟它做一会伴,就会发现它的语言天才。它参加我们的生活成为最受宠爱的“小家人”才半年,韩惟全由美游港,在我们家小住数日,首先发现它在牙牙学语,学我们的人语。起先我们不信,以为它时发时歇的咿唔唉喋,不过是禽类的哓哓自语,无意识的饶舌罢了。经惟全一提醒,蓝宝宝的断续鸟语,在侧耳细听之下,居然有点人话的意思。只是有时嗫嚅吞吐,似是而非,加以人腔鸟调,句逗含混不清,那意境在人禽之间,恐怕连公冶长再世,也难以体会,更无论圣芳济了。

幸运的时候,蓝宝宝会吐出三两个短句:“小鸟过来”,“干什么”,“知道了”,“臭鸟不乖”,还有节奏起伏的“小鸟小鸟小小鸟”。小小曲喙的发音设备,毕竟和人嘴不可“同日而语”,所以人语的唇音齿音等等,蓝宝宝虽有娓娓巧舌,仍是模拟难工的。听说要小鹦鹉认真学话,得先施以剪舌的手术,剪了之后就不会那么“大舌头”了。此举是否见效,我不知道,但为了推行人语而违反人道,太无聊也太残忍了,我是绝对不肯的。无所不载无所不容的这世界,属于人,也属于花、鸟、虫、鱼;人类之间,禁止别人发言或强迫人人千口一词,也就够威武的了,又何必向禽兽去行人政呢?因此,盆中的铁海棠,女园丁和我都任其自然,不加扭曲,而蓝宝宝呢,会讲几句人话,固然能取悦于人,满足主人的虚荣心,我们也任其自由发展,从不刻意去教它。写到这里,又听到蓝宝宝在阳台上叫了。不过这一次它是和外面的野雀呼应酬答,是在鸟语。

那样的啁啾,该是羽类的世界语吧。而无论蓝宝宝是在阳台上或是屋里,只要左近传来鸠呼或雀噪,它一定脆音相应,一逗一答,一呼一和,旁听起来十分有趣,或许在飞禽的世界里,也像人世一样,南腔北调,有各种复杂的方言,可惜我们莫能分辨,只好一概称为鸟语。

平时说到鸟语,总不免想起"生生燕语明如翦,呖呖莺声溜的圆"之类的婉婉好音,绝少想到鸟语之中,也有极其可怖的一类。后来参观底特律的大动物园,进入了笼高树密的鸟苑,绿重翠叠的阴影里,一时不见高栖的众禽,只听到四周怪笑吃吃,惊叹咄咄,厉呼磔磔,盈耳不知究竟有多少巫师隐身在幽处施法念咒,真是听觉上最骇人的一次经验。看过希区柯克的悚栗片《鸟》,大家惊疑之余,都说真想不到鸟类会有这么"邪恶"。其实人类君临这个世界,品尝珍馐,饕餮万物,把一切都视为当然,却忘了自己经常捕囚或烹食鸟类的种种罪行有多么残忍了。兀鹰食人,毕竟先等人自毙;人食乳鸽,却是一笼一笼地蓄意谋杀。

想到此地,蓝光一闪,一片青云飘落在我的肩上,原来是有人把蓝宝宝放出来了。每次出笼,它一定振翅疾飞,在屋里回翔一圈,然后栖在我肩头或腕际。我的耳边、颈背、颔下,是它最爱来依偎探讨的地方。最温驯的时候,它会憩在人的手背,低下头来,用小喙亲吻人的手指,一动也不动地,讨人欢喜。有时它更会从嘴里吐出一粒"雀粟"来,邀你共享,据说这是它表示友谊的亲切举动,但你尽可放心,它不会强人所难的,不一会,它又径自啄回去了。有时它也会轻咬你的手指头,并露出它可笑的花舌头。兴奋起来,它还会不断地向你磕头,颈毛松开,瞳仁缩小,嘴里更是呢呢喃喃,不知所云。不过所谓"小鸟依人",只是片面的,只许它来亲人,不许你去抚它。你才一伸手,它立刻回过身来面对着你,注意你的一举一动,不然便是蓝羽一张,早已飞之冥冥。

不少朋友在我的客厅里,常因这一闪蓝云的猝然降临而大吃一惊。女作家心岱便是其中的一位。说时迟那时快,蓝宝宝华丽的翅膀一收,已经栖在她的手腕上了。心岱惊魂未定,只好强自镇定,听我们向她夸耀小鸟的种种。后来她回到台北,还在"联合副刊"发表《蓝宝》一文,以记其事。

我发现,许多朋友都不知道养一只小鹦鹉有多么有趣,又多么简单。小鹦鹉的身价,就它带给主人的乐趣说来,是非常便宜的。在台湾,每只售六七十元,在香港只要港币六元,美国的超级市场里也常有出售,每只不过五六美金。在丹佛时,我先后养过四只,其中黄底灰纹的一只毛色特别娇嫩,算是珍品,则是花十五美金买来的。买小鹦鹉时,要注意两件事情。年龄要看额头和鼻端,额上黑纹愈密,鼻上色泽愈紫,则愈幼小,要买,当然要初生的稚婴,才容易和你亲近。至于健康呢,则要翻过身来看它的肛门,周围的细白绒毛要干,才显得消化良好。小鹦鹉最怕泻肚子,一泻就糟。

此外的投资,无非是一只鸟笼,两枝栖木,一片鱼骨和极其迷你的水缸粟钵而已。鱼骨的用场,是供它啄食,以吸取充分的钙质。那么小的肚子，耗费的粟量当然有限，再穷的主人也供得起的。有时为了调剂，不妨喂一点青菜和果皮，让它啄个三五口，也就够了。熟了以后，可以放出笼来，任它自由飞憩，不过门窗要小心关好，否则它爱向亮处飞，极易夺门而去。我养过的近十头小鹦鹉之中，就有两头是这么无端飞掉的。有了这种伤心的教训，我只在晚上才敢把鸟放出笼来。

小鸟依人，也会缠人，过分亲狎之后，也有烦恼的。你吃苹果，它便飞来奇袭，与人争食。你特别削一片喂它，它只浅尝三两口，仍纵回你的口边，定要和你分享大块。你看报，它便来嚼食纸边，吃得津津有味。你写字呢，它便停在纸上，研究你写些什么，甚至以为笔尖来回挥动是在逗它玩乐，便来追咬你的笔尖。要赶它回笼，可不容易。如果它玩得还未尽兴，则无论你如何好言劝诱或恶声威胁，都不能使它俯首归心。最后只有关灯的一招，在黑暗里，它是不敢飞的。于是你伸手擒来，毛茸茸软温温的一团，小心脏抵着你的手心猛跳，吱吱的抗议声中，你已经把它置回笼里。

蓝宝宝是大埔的菜市上六元买来的，在我所有的"禽缘"里，它是最乖巧最可爱的一只，现在，即使有谁出六千元，我也不肯舍弃它的。前年夏天，我们举家回台北去，只好把蓝宝宝寄在宋淇府上，劳宋夫人做了半个月的"鸟妈妈"。记得交托之时，还郑重其事，拟了一张"养鸟须知"的备忘录，悬于笼侧，文曰：

一　小米一钵，清水半缸，间日一换，不食烟火，俨然羽仙。

二　风口日曝之处，不宜放置鸟笼。

三　无须为鸟沐浴，造化自有安排。

四　智商仿佛两岁稚婴。略通人语，颇喜传讹。闺中隐私，不
宜多言，慎之慎之。

一九七七年五月

我的四个假想敌

二女幼珊在港参加侨生联考，以第一志愿分发台大外文系。听到这消息，我松了一口气，从此不必担心四个女儿通通嫁给广东男孩了。

我对广东男孩当然并无偏见，在港六年，我班上也有好些可爱的广东少年，颇讨老师的欢心，但是要我把四个女儿全部让那些"靓仔"、"叻仔"掳掠了去，却舍不得。不过，女儿要嫁谁，说得洒脱些，是她们的自由意志，说得玄妙些呢，是姻缘，做父亲的又何必患得患失呢？何况在这件事上，做母亲的往往位居要冲，自然而然成了女儿的亲密顾问，甚至亲密战友，作战的对象不是男友，却是父亲。等到做父亲的惊醒过来，早已腹背受敌，难挽大势了。

在父亲的眼里，女儿最可爱的时候是在十岁以前，因为那时她完全属于自己。在男友的眼里，她最可爱的时候却在十七岁以后，因为这时她正像毕业班的学生，已经一心向外了。父亲和男友，先天上就有矛盾。对父亲来说，世界上没有东西比稚龄的女儿更完美的了,唯一的缺点就是会长大,除非你用急冻术把她久藏,不过这恐怕是违法的,而且她的男友迟早会骑了骏马或摩托车来,把她吻醒。

我未用太空舱的冻眠术,一任时光催迫,日月轮转,再揉眼时,怎么四个女儿都已依次长大,昔日的童话之门砰地一关,再也回不去了:四个女儿,依次是珊珊、幼珊、佩珊、季珊。简直可以排成一条珊瑚礁。珊珊十二岁的那年,有一次,未满九岁的佩珊忽然对来访的客人说:"喂,告诉你,我姐姐是一个少女了!"在座的大人全笑了起来。

曾几何时,惹笑的佩珊自己,甚至最幼稚的季珊,也都在时光的魔杖下,点化成"少女"了。冥冥之中,有四个"少男"正偷偷袭来,虽然蹑手蹑足,屏声止息,我却感到背后有四双眼睛,像所有的坏男孩那样,目光灼灼,心存不轨,只等时机一到,便会站到亮处,装出伪善的笑容,叫我"岳父"。我当然不会应他。哪有这么容易的事!我像一棵果树,天长地久在这里立了多年,风霜雨露,样样有份,换来果实累累,不胜负荷。而你,偶尔过路的小子,竟然一伸手就来摘果子,活该蟠地的树根绊你一跤!

而最可恼的,却是树上的果子,竟有自动落入行人手中的样子。树怪行人不该擅自来摘果子,行人却说是果子刚好掉下来,给他接着罢了。这种事,总是里应外合才成功的。当初我自己结婚,不也是有一位少女开门揖盗吗?"堡垒最容易从内部攻破",说得真是不错。不过彼一时也,此一时也。同一个人,过街时讨厌汽车,开车时却讨厌行人。现在是轮到我来开车。

好多年来,我已经习于和五个女人为伍,浴室里弥漫着香皂和香水气味,沙发上散置皮包和发卷,餐桌上没有人和我争酒,都是天经地义的事。戏称吾庐为"女生宿舍",也已经很久了。做了"女生宿舍"的舍监,自然不欢迎陌生的男客,尤其是别有用心的一类。但是自己辖下的女生,尤其是前面的三位,已有"不稳"的现象,却令我想起叶芝的一句诗:

一切已崩溃,失去重心。

我的四个假想敌,不论是高是矮,是胖是瘦,是学医还是学文,迟早会从我疑惧的迷雾里显出原形,一一走上前来,或迂回曲折,嗫嚅其词,或开门见山,大言不惭,总之要把他的情人,也就是我的女儿,对不起,从此领去。无形的敌人最可怕,何况我在亮处,他在暗里,又有我家的"内奸"接应,真是防不胜防。只怪当初没有把四个女儿及时冷藏,使时间不能拐骗,社会也无由污染。现在她们都已大了,回不了头;我那四个假想敌,那四个鬼鬼祟祟的地下工作者,也都已羽毛丰满,什么力量都阻止不了他们了。先下手为强,这件事,该乘那四个假想敌还在襁褓的时候,就予以解决的。至少美国诗人纳许(Ogden Nash,1902—1971)劝我们如此。他在一首妙诗《由女婴之父来唱的歌》(Song to Be Sung by the Father of Infant Female Children)之中,说他生了女儿吉儿之后,惴惴不安,感到不知什么地方正有个男婴也在长大,现在虽然还浑浑噩噩,口吐白沫,却注定将来会抢走他的吉儿。于是做父亲的每次在公园里看见婴儿车中的男婴,都不由神色一变,暗暗想道:"会不会是这家伙?"想着想着,他"杀机陡萌"(My dreams, I fear, are infanticiddle),便要解开那男婴身上的别针,朝他的爽身粉里撒胡椒粉,把盐撒进他的奶瓶,把沙撒进他的菠菜汁,再扔头优游的鳄鱼到他的婴儿车里陪他游戏,逼他在水深火热之中挣扎而去,去娶别人的女儿。足见诗人以未来的女婿为假想敌,早已有了前例。

不过一切都太迟了。当初没有当机立断,采取非常措施,像纳许诗中所说的那样,真是一大失策。如今的局面,套一句史书上常见的话,已经是"寇入深矣"!女儿的墙上和书桌的玻璃垫下,以前的海报和剪报之类,还是披头士、拜丝、大卫·凯西弟的形象,现在纷纷都换上男友了。至少,滩头阵地已经被入侵的军队占领了去,这一仗是必败的了。记得我们小时,这一类的照片仍被列为机密要件,不是藏在枕头套里,贴着梦境,便是夹在书堆深处,偶尔翻出来神往一番,哪有这么二十四小时眼前供奉的?

这一批形迹可疑的假想敌,究竟是哪年哪月开始入侵厦门街余宅的,已经不可考了。只记得六年前迁港之后,攻城的将士便换了一批口操粤语的少年来接手。至于交战的细节,就得问名义上是守城的那几个女将,我这位"昏君"是再也搞不清的了。只知道敌方的炮火,起先是瞄准我家的信箱,那些歪歪斜斜的笔迹,久了也能猜个七分;继而是集中在我家的电话,"落弹点"就在我书桌的背后,我的文苑就是他们的沙场,一夜之间,总有十几次脑震荡。那些粤音平上去入,有九声之多,也令我难以研判敌情。现在我带幼珊回了厦门街,那头的广东部队轮到我太太去抵挡,我在这头,只要留意台湾健儿,任务就轻松多了。

信箱被袭,只如战争的默片,还不打紧。其实我宁可多情的少年勤写情书,那样至少可以练习作文,不致在视听教育的时代荒废了中文。可怕的还是电话中弹,那一串串警告的铃声,把战场从门外的信箱扩至书房的腹地,默片变成了身历声,假想敌在实弹射击了。更可怕的，却是假想敌真的闯进了城来，成了有血有肉的真敌人，不再是假想了好玩的了，就像军事演习到中途，忽然真的打起来了一样。真敌人是看得出来的。在某一女儿的接应之下，他占领了沙发的一角，从此两人呢喃细语，喂喂密谈，即使脉脉相对的时候，那气氛也浓得化不开，窒得全家人都透不过气来。这时几个姐妹早已回避得远远的了。任谁都看得出情况有异。万一敌人留下来吃饭，那空气就更为紧张，好像摆好姿势，面对照相机一般。平时鸭塘一般的餐桌，四姐妹这时像在演哑剧，连筷子和调羹都似乎得到了消息，忽然小心翼翼起来。明知这僭越的小子未必就是真命女婿，（谁晓得宝贝女儿现在是十八变中的第几变呢？）心里却不由自主升起一股淡淡的敌意。也明知女儿正如将熟之瓜，终有一天会蒂落而去，却希望不是随眼前这自负的小子。

当然，四个女儿也自有不乖的时候，在恼怒的心情下，我就恨不得四个假想敌赶快出现，把她们统统带走。但是那一天真要来到时，我一定又会懊悔不已。我能够想象，人生的两大寂寞，一是退休之日，一是最小的孩子终于也结婚之后。宋淇有一天对我说："真羡慕你的女儿全在身边！"真的吗？至少目前我并不觉得自己有什么可羡之处。也许真要等到最小的季珊也跟着假想敌度蜜月去了，才会和我存并坐在空空的长沙发上，翻阅她们小时的相簿，追忆从前，六人一车长途壮游的盛况，或是晚餐桌上，热气蒸腾，大家共享的灿烂灯光。人生有许多事情，正如船后的波纹，总要过后才觉得美的。这样一想，又希望那四个假想敌，那四个生手笨脚的小伙子，还是多吃几口闭门羹，慢一点出现吧。

袁枚写诗，把生女儿说成"情疑中副车"，这书袋掉得很有意思,却也流露了重男轻女的封建意识。照袁枚的说法,我是连中了四次副车,命中率够高的了。余宅的四个小女孩现在变成了四个小妇人,在假想敌环伺之下,若问我择婿有何条件,一时倒恐怕答不上来。沉吟半晌,我也许会说:"这件事情,上有月下老人的婚姻谱,谁也不能窜改,包括韦固,下有两个海誓山盟的情人,'二人同心,其利断金',我凭什么要逆天拂人,梗在中间?何况终身大事,神秘莫测,事先无法推理,事后不能悔棋,就算交给二十一世纪的电脑,恐怕也算不出什么或然率来。倒不如故示慷慨,伪作轻松,博一个开明父亲的美名,到时候带颗私章,去做主婚人就是了。"

问的人笑了起来,指着我说:"什么叫做'伪作轻松'?可见你心里并不轻松。"

我当然不很轻松,否则就不是她们的父亲了。例如人种的问题,就很令人烦恼。万一女儿发痴,爱上一个耸肩摊手口香糖嚼个不停的小怪人,该怎么办呢?在理性上,我愿意"有婿无类",做一个大大方方的世界公民。但是在感情上,还没有大方到让一个臂毛如猿的小伙子把我的女儿抱过门槛。现在当然不再是"严夷夏之防"的时代,但是一任单纯的家庭扩充成一个小型的联合国,也大可不必。问的人又笑了,问我可曾听说混血儿的聪明超乎常人。我说:"听过,但是我不稀罕抱一个天才的'混血孙'。我不要一个天才儿童叫我 Grandpa,我要他叫我外公。"问的人不肯罢休:"那么省籍呢?"

"省籍无所谓,"我说,"我就是苏闽联姻的结果,还不坏吧?当初我母亲从福建写信回武进,说当地有人向她求婚。娘家大惊小怪,说:'那么远!怎么就嫁给南蛮!'后来娘家发现,除了言语不通之外,这位闽南姑爷并无可疑之处。这几年,广东男孩锲而不舍,对我家的压力很大,有一天闽粤结成了秦晋,我也不会感到意外。如果有个台湾少年特别巴结我,其志又不在跟我谈文论诗,我也不会怎么为难他的。至于其他各省,从黑龙江直到云南,口操各种方言的少年,只要我女儿不嫌他,我自然也欢迎。"

"那么学识呢?"

"学什么都可以。也不一定要是学者,学者往往不是好女婿,更不是好丈夫。只有一点:中文必须精通。中文不通,将祸延吾孙!"

客又笑了。"相貌重不重要?"他再问。

"你真是迂阔之至!"这次轮到我发笑了,"这种事,我女儿自己会注意,怎么会要我来操心?"

笨客还想问下去,忽然门铃响起。我起身去开大门,发现长发乱处,又一个假想敌来掠余宅。

一九八〇年九月于台北

记忆像铁轨一样长

我的中学时代在四川的乡下度过。那时正当抗战,号称天府之国的四川,一寸铁轨也没有。不知道为什么,年幼的我,在千山万岭的重围之中,总爱对着外国地图,向往去远方游历,而且觉得最浪漫的旅行方式,便是坐火车。每次见到月历上有火车在旷野奔驰,曳着长烟,便心随烟飘,悠然神往,幻想自己正坐在那一排长窗的某一扇窗口,无穷的风景为我展开,目的地呢,则远在千里外等我,最好是永不到达,好让我永不下车。那平行的双轨一路从天边疾射而来,像远方伸来的双手,要把我接去未知;不可久视,久视便受它催眠。

乡居的少年那么神往于火车,大概是因为它雄伟而修长,轩昂的车头一声高啸,一节节的车厢铿铿跟进,那气派真是慑人。至于轮轨相击枕木相应的节奏,初则铿锵而慷慨,继则单调而催眠,也另有一番情韵。过桥时俯瞰深谷,真若下临无地,蹑虚而行,一颗心,也忐忐忑忑待在半空。黑暗迎面撞来,当头罩下,一点准备也没有,那是过山洞。惊魂未定,两壁的回声轰动不绝,你已经愈陷愈深,冲进山岳的盲肠里去了。光明在山的那一头迎你,先是一片幽昧的微熹,迟疑不决,蓦地天光豁然开朗,黑洞把你吐回给白昼。这一连串的经验,从惊到喜,中间还带着不安和神秘,历时虽短而印象很深。

坐火车最早的记忆是在十岁。正是抗战第二年,母亲带我从上海乘船到安南,然后乘火车北上昆明。滇越铁路与富良江平行,依着横断山脉蹲踞的余势,江水滚滚向南,车轮铿铿向北。也不知越过多少桥,穿过多少山洞。我靠在窗口,看了几百里的桃花映水,真把人看得眼红、眼花。

入川之后,刚亢的铁轨只能在山外远远喊我了。一直要等胜利还都,进了金陵大学,才有京沪路上疾驶的快意。那是大一的暑假,随母亲回她的故乡武进,铁轨无尽,伸入江南温柔的水乡,柳丝弄晴,轻轻地抚着麦浪。可是半年后再坐京沪路的班车东去,却不再中途下车,而是直达上海。那是最难忘的火车之旅了:红旗渡江的前夕,我们仓皇离京,还是母子同行,幸好儿子已经长大,能够照顾行李。车厢挤得像满满一盒火柴,可是乘客的四肢却无法像火柴那么排得平整,而是交肱叠股,摩肩错臂,互补着虚实。母亲还有座位。我呢,整个人只有一只脚半踩在茶几上,另一只则在半空,不是虚悬在空中,而是斜斜地半架半压在各色人等的各色肢体之间。这么维持着"势力平衡",换腿当然不能,如厕更是妄想。到了上海,还要奋力夺窗而出,否则就会被新涌上来的回程旅客夹在中间,挟回南京去了。

来台之后,与火车更有缘分。什么快车慢车、山线海线,都有缘在双轨之上领略,只是从前京沪路上的东西往返,这时,变成了纵贯线上的南北来回。滚滚疾转的风火千轮上,现代哪吒的心情,有时是出发的兴奋,有时是回程的慵懒,有时是午晴的遐思,有时是夜雨的落寞。大玻璃窗招来豪阔的山水,远近的城村;窗外的光景不断,窗内的思绪不绝,真成了情景交融。尤其是在长途,终站尚远,两头都搭不上现实,这是你一切都被动的过渡时期,可以绝对自由地大想心事,任意识乱流。

饿了,买一盒便当充午餐,虽只一片排骨,几块酱瓜,但在快览风景的高速动感下,却显得特别可口。台中站到了,车头重重地喘一口气,颈挂零食拼盘的小贩一拥而上。太阳饼、凤梨酥的诱惑总难以拒绝。照例一盒盒买上车来,也不一定是为了有多美味,而是细嚼之余有一股甜津津的乡情,以及那许多年来,唉,从年轻时起,在这条线上进站、出站、过站、初旅、重游、挥别,重重叠叠的回忆。

最生动的回忆却不在这条线上,在阿里山和东海岸。拜阿里山神是在十二年前。朱红色的窄轨小火车在洪荒的岑寂里盘旋而上,忽进忽退,忽蠕蠕于悬崖,忽隐身于山洞,忽又引吭一呼,回声在峭壁间来回反弹。万绿丛中牵曳着这一线媚红,连高古的山颜也板不起脸来了。

拜东岸的海神却近在三年以前,是和我存一同乘电气化火车从北回线南下。浩浩的太平洋啊,日月之所出,星斗之所生,毕竟不是海峡所能比,东望,是令人绝望的水蓝世界,起伏不休的咸波,在远方,摇撼着多少个港口多少只船,扪不到边,探不到底,海神的心事就连长锚千丈也难窥。一路上怪壁碍天,奇岩镇地,被千古的风浪刻成最丑所以也最美的形貌,罗列在岸边如百里露天的艺廊,刀痕刚劲,一件件都凿着时间的签名,最能满足狂士的"石癖"。不仅岸边多石，海中也多岛。火车过时，一个个岛屿都不甘寂寞，跟它赛起跑来。毕竟都是海之囚，小的，不过跑三两分钟，大的，像龟山岛，也只能追逐十几分钟，就认输放弃了。

萨洛扬的小说里，有一个寂寞的野孩子，每逢火车越野而过，总是兴奋地在后面追赶。四十年前在四川的山国里，对着世界地图悠然出神的，也是那样寂寞的一个孩子，只是在他的门前，连火车也不经过。后来远去外国，越洋过海，坐的却常是飞机，而非火车。飞机虽可想成庄子的逍遥之游，列子的御风之旅，但是出没云间，游行虚碧，变化不多，机窗也太狭小，久之并不耐看。哪像火车的长途，催眠的节奏，多变的风景，从阔窗里看出去，又像是在人间，又像驶出了世外。所以在海外旅行，凡铿铿的双轨能到之处，我总是站在月台——名副其实的"长亭"——上面，等那阳刚之美的火车轰轰隆隆其势不断地踹进站来，来载我去远方。

在美国的那几年，坐过好多次火车，在爱荷华城读书的那一年，常坐火车去芝加哥看刘鎏和孙璐。美国是汽车王国，火车并不考究。去芝加哥的老式火车颇有十九世纪遗风，坐起来实在不大舒服，但沿途的风景却看之不倦。尤其到了秋天，原野上有一股好闻的淡淡焦味，太阳把一切成熟的东西焙得更成熟，黄透的枫叶杂着赭尽的橡叶，一路艳烧到天边，谁见过那样美丽的"火灾"呢？过密西西比河，铁桥上敲起空旷的铿锵，桥影如网，张着抽象美的线条，倏忽已踹过好一片壮阔的烟波。等到暮色在窗，芝城的灯火迎面渐密，那黑人老车掌就喉音重浊地喊出站名：Tanglewood！

有一次，从芝城坐火车回爱荷华城。正是耶诞假后，满车都是回校的学生,大半还背着、拎着行囊,更显拥挤。我和好几个美国学生挤在两节车厢之间,等于站在老火车轧轧交挣的关节之上,又冻又渴,饮水的纸杯在众人手上,从厕所一路传到我们跟前。更严重的问题是不能去厕所,因为连那里面也站满了人。火车原已误点,我们在呵气翳窗的芝城总站上早已困立了三四个小时,偏偏隆冬的膀胱最容易注满。终于"满载而归",一直熬到爱大的宿舍。一泻之余,顿觉身轻若仙,重心全失。

美国火车经常误点,真是恶名昭彰。我在美国下决心学开汽车,完全是给老爷火车激出来的。火车误点,或是半途停下来等到地老天荒,甚至为了说不清楚的深奥原因向后倒开,都是最不浪漫的事。几次耽误,我一怒之下,决定把方向盘握在自己手里,不问山长水远,都可即时命驾。执照一到手,便与火车分道扬镳,从此我骋我的高速路,它敲它的双铁轨。不过在高速路旁,偶见迤迤的列车同一方向疾行,那修长而魁伟的体魄,那稳重而剽悍的气派,尤其是在天高云远的西部,仍令我怦然心动。总忍不住要加速去追赶,兴奋得像西部片里马背上的大盗,直到把它追进了山洞。

一九七六年去英国,周榆瑞带我和彭歌去剑桥一游。我们在维多利亚车站的月台上候车,匆匆来往的人群,使人想起那许多著名小说里的角色,在这"生之旋涡"里卷进又卷出的神色与心情。火车出城了,一路开得不快,看不尽人家后院晒着的衣裳和红砖翠篱之间明艳而动人的园艺。那年西欧大旱,耐干的玫瑰却恣肆着娇红。不过是八月底,英国给我的感觉却是过了成熟焦点的晚秋,尽管是迟暮了,仍不失为美人。到剑桥飘起霏霏的细雨,更为那一幢幢严整雅洁的中世纪学院平添了一分迷蒙的柔美。

经过人文传统日琢月磨的景物，究竟多一种沉潜的秀逸气韵，不是铝光闪闪的新厦可比。在空幻的雨气里，我们撑着黑伞，踱过剑河上的石洞拱桥，心底回旋的是弥尔顿牧歌中的抑扬名句，不是硖石才子的江南乡音。红砖与翠藤可以为证，半部英国文学史不过是这河水的回声。雨气终于浓成暮色，我们才挥别了灯暖如橘的剑桥小站。往往，大旅途里最具风味的，是这种一日来回的"便游"(sidetrip)。

两年后我去瑞典开会，回程顺便一游丹麦与德国，特意把斯德哥尔摩到哥本哈根的机票，换成黄底绿字的美丽火车票。这一程如果在云上直飞，一小时便到了，但是在铁轨上轮转，从上午八点半到下午四点半，却足足走了八个小时。云上之旅海天一色，美得未免抽象。风火轮上八小时的滚滚滑行，却带我深入瑞典南部的四省，越过青青的麦田和黄艳艳的芥菜花田，攀过银桦蔽天杉柏密矗的山地，渡过北欧之喉的峨瑞升德海峡，在香熟的夕照里驶入丹麦。瑞典是森林王国，火车上凡是门窗几椅之类都用木制，给人的感觉温厚而可亲。车上供应的午餐是烘面包夹鲜虾仁，灌以甘洌的嘉士伯啤酒，最合我的口胃。瑞典南端和丹麦北部这一带，陆上多湖，海中多岛，我在诗里曾说这地区是"屠龙英雄的泽国，佯狂王子的故乡"，想象中不知有多阴郁，多神秘。其实那时候正是春夏之交，纬度高远的北欧日长夜短，柔蓝的海峡上，迟暮的天色久久不肯落幕。我在延长的黄昏里独游哥本哈根的夜市，向人鱼之港的灯影花香里，寻找疑真疑幻的传说。

德国之旅，从杜塞尔多夫到科隆的一程，我也改乘火车。德国的车厢跟瑞典的相似，也是一边是狭长的过道，另一边是方形的隔间，装饰古拙而亲切，令人想起旧世界的电影。乘客稀少，由我独占一间,皮箱和提袋任意堆在长椅上。银灰与橘红相映的火车沿莱茵河南下,正自纵览河景,查票员说科隆到了。刚要把行李提上走廊,猛一转身,忽然瞥见蜂房蚁穴的街屋之上峻然拔起两座黑黝黝的尖峰,瞬间的感觉,极其突兀而可惊。定下神来,火车已经驶近那一双怪物,峭险的尖塔下原来还整齐地绕着许多小塔,锋芒逼人,拱卫成一派森严的气象,那么崇高而神秘,中世纪哥特式的肃然神貌耸在半空,无闻于下界琐细的市声。原来是科隆的大教堂,在莱茵河畔顶天立地已七百多岁。火车在转弯。不知道是否因为微侧,竟感觉那一对巨塔也峨然倾斜,令人吃惊。不知飞机回降时成何景象,至少火车进城的这一幕十分壮观。

三年前去里昂参加国际笔会的年会,从巴黎到里昂,当然是乘火车,为了深入法国东部的田园诗里,看各色的牛群,或黄或黑,或白底而花斑,嚼不尽草原缓坡上远连天涯的芳草萋萋。陌生的城镇,点名一般地换着站牌。小村更一现即逝,总有白杨或青枫排列于乡道,掩映着粉墙红顶的村舍,衬以教堂的细瘦尖塔,那么秀气地指着远天。席思礼、毕沙洛,在初秋的风里吹弄着牧笛吗?那年法国刚通了东南线的电气快车,叫做 Le TGV (Train à Grande Vitesse),时速三百八十公里,在报上大事宣扬。回程时,法国笔会招待我们坐上这娇红的电鳗。由于座位是前后相对,我一路竟倒骑着长鳗进入巴黎。在车上也不觉得怎么“风驰电掣”,颇感不过如此。今年初夏和纪刚、王蓝、健昭、杨牧一行,从东京坐子弹车射去京都,也只觉其“稳健”而已。车到半途,天色渐昧,正吃着鳗鱼佐饭的日本便当,吞着苦涩的札幌啤酒,车厢里忽然起了骚动,惊叹不绝。在邻客的探首指点之下,讶见富士山的雪顶白蠶晚空,明知其为真实,却影影绰绰,像一片可怪的幻象。车行极快,不到三五分钟,那一影淡白早已被近丘所遮。那样快的变动,敢说浮世绘的画师,戴笠拷剑的武士,都不曾见过。

　　台湾中南部的大学常请台北的教授前往授课,许多朋友不免每星期南下台中、台南或高雄。从前龚定庵奔波于北京与杭州之间,柳亚子说他"北驾南舣到白头"。这些朋友在岛上南北奔波,看样子也会奔到白头,不过如今是在双轨之上,不是驾马舣舟。我常笑他们是演《双城记》。其实近十年来,自己在台北与香港之间,何尝不是如此? 在台北,三十年来我一直以厦门街为家。现在的汀洲街二十年前是一条窄轨铁路,小火车可通新店。当时年少,我曾在夜里踏着轨旁的碎石,鞋声轧轧地走回家去,有时索性走在轨道上,把枕木踩成一把平放的长梯。时常在冬日的深宵,诗写到一半,正独对天地之悠悠,寒战的汽笛声会一路沿着小巷呜呜传来,凄清之中有其温婉,好像在说:全台北都睡了,我也要回站去了,你,还要独撑这倾斜的世界吗? 夜半钟声到客船,那是张继。而我,总还有一声汽笛。

　　在香港,我的楼下是山,山下正是九广铁路的中途。从黎明到深夜,在阳台下滚滚碾过的客车、货车,至少有一百班。初来的时候,几乎每次听见车过,都不禁要想起铁轨另一头的那一片土地,简直像十指连心。十年下来,那样的节拍也已听惯,早成大寂静里的背景音乐,与山风海潮合成浑然一片的天籁了。那轮轨交磨的声音,远时哀沉,近时壮烈,清晨将我唤醒,深宵把我摇睡,已经潜入了我的脉搏,与我的呼吸相通。将来我回台湾,最不惯的恐怕就是少了这金属的节奏,那就是真正的寂寞了。也许应该把它录下音来,用最敏感的机器,以备他日怀旧之需。附近有一条铁路,就似乎把住了人间的动脉,总是有情的。

香港的火车电气化之后,大家坐在冷静如冰箱的车厢里,忽然又怀起古来,隐隐觉得从前的黑头老火车,曳着煤烟而且重重叹气的那种,古拙刚愎之中仍不失可亲的味道。在从前那种车上,总有小贩穿梭于过道,叫卖斋食与"凤爪",更少不了的是报贩。普通票的车厢里,不分三教九流,男女老幼,都杂杂沓沓地坐在一起,有的默默看报,有的怔怔望海,有的瞌睡,有的啃鸡爪,有的闲闲地聊天,有的激昂慷慨地痛论国事,但旁边的主妇并不理会,只顾得呵斥自己的孩子。如果你要香港社会的样品,这里便是。周末的加班车上,更多广州返来的回乡客,一根扁担,就挑尽了大包小笼。此情此景,总令我想起杜米叶(Honoré Daumier)的名画《三等车上》。只可惜香港没有产生自己的杜米叶,而电气化后的明净车厢里,从前那些汗气、土气的乘客,似乎一下子都不见了,小贩子们也绝迹于月台。我深深怀念那个摩肩抵肘的时代。站在今日画了黄线的整洁月台上,总觉得少了一点什么,直到记起了从前那一声汽笛长啸。

写火车的诗很多,我自己都写过不少。我甚至译过好几首这样的诗,却最喜欢土耳其诗人塔朗吉(Cahit Sitki Taranci)的这首:

去什么地方呢? 这么晚了,
美丽的火车,孤独的火车?
凄苦是你汽笛的声音,
令人记起了许多事情。

为什么我不该挥舞手巾呢？
乘客多少都跟我有亲。
去吧，但愿你一路平安，
桥都坚固，隧道都光明。

一九八四年五月

黄绳系腕

——泰国记游之二

从泰国回来，妻和我的腕上都系了一条黄线。

那是一条金黄色的棉线，戴在腕上，像一环美丽的手镯。那黄，是泰国佛教最高贵的颜色，令人想起袈裟和金塔。那线，牵着阿若他雅的因缘。

到曼谷的第三天，泰华作家传文和信慧带我们去北方八十八公里外的阿若他雅，凭吊大城王朝的废都。停车在蒙谷菩毗提佛寺前面，隔着初夏的绿荫，古色斑斓的纪念塔已隐约可窥，幢幢然像大城王朝的鬼影。但转过头来，面前这佛寺却亮丽耀眼，高柱和白墙撑起五十度斜坡的红瓦屋顶，高檐上蟠游着蛇王纳加，险脊尖上鹰扬着禽王格鲁达，气派动人。

我们依礼脱鞋入寺，刚跨进正堂，呼吸不由得一紧。黑黯黯那一座重吨的，什么呢，啊，佛像，向我们当顶累累地压下，磅礴的气势岂是仰瞻的眼睫所能承接，更哪能望其项背。等到颈子和胸口略为习惯这种重荷,才依其陡峭的轮廓渐渐看清那上面,由四层金叶的莲座托向高处,塔形冠几乎触及红漆描金的天花方板,是一尊黑凛凛的青铜佛像。它就坐在那高头,右腿交叠在左腿上面,脚心朝上,左手平摊在怀里,掌心向天,右手覆盖在右膝上,手掌朝内,手指朝下,指着地面。从莲座下吃力地望上去,那圆膝和五指显得分外地重大。

这是佛像坐姿里有名的"呼地作证"(Bhumisparsa Mudra),又称为"降妖伏魔"(Maravijaya)。原来释迦牟尼在成正觉之前,天魔玛剌不服,问他有何德业,能够自悟而又度人。释迦说他前身前世早已积善积德,于是便从三昧的坐姿变成伏魔的手势,以手指地,唤大地的女神出来作证。她从长发里绞出许多水来,正是释迦前世所积之德。她愈绞愈多,终于洪水滔滔,把天魔的大军全部淹没。释迦乃恢复三昧的冥想坐姿,而入彻悟。曼谷玉佛寺的壁画上,就有露乳的地神绞发灭火之状,而众多魔兵之中,一半已驯,一半犹在张牙舞爪。

一说此事不过是寓言,只因当日释迦树下跏趺,心神未定,又想成等正觉,又想回去世间寻欢逐乐。终于他垂手按膝,表示自己在彻悟之前不再起身的决心。然则所谓伏魔,正是自伏心魔。还是长发生水的故事比较生动。

想到这里,对它右掌按膝的手势更加敬仰而心动,不禁望之怔怔。后来问人,又自己去翻书,才知道这佛像高达二十二米半,镀有缅甸的金,铸造的年代约在十五世纪后半叶,相当于明英宗到宪宗之朝,低眉俯视之态据说是素可泰王朝的风格。一七六七年,缅甸入寇,一举焚灭了四百十七年的大城王朝。据说这尊泰国最大的坐佛当日竟无法掳走,任其弃置野外,风雨交侵。也就因此,这佛像看上去颇有沧桑的痕迹,不像曼谷一带其他的雕像那么光鲜。它太高大,何况像座已经高过人头了,实在看不出那一身是黑漆,或是岁月消磨的青铜本色。只觉得黝黑的阴影里,那高处还张着两只眼睛,修长的眼白衬托着乌眸,正炯炯俯视着我们,而无论你躲去哪里,都不出它的眸光。

佛面上一点鲜丽的朱砂,更增法相的神秘与庄严。但是佛身上还有两种妩媚的色彩。左肩上斜披下来的黄缦,闪着金色的丝光。摊开的左掌,大拇指上垂挂着一串缤纷的花带,用洁白的茉莉织成,还飘着泰国兰装饰的秀长流苏。这花带泰语叫做斑马来(Puang-Ma-Lai),不但借花可以献佛,也可送人。

"你们要进香吗?"传文走过来说。

"要啊。"我存立刻答道。

"香烛每套十铢。"传文说。

我们向佛堂门口的香桌上每人买了一套。所谓一套,原来就是一枝莲、一支烛、三根香,还有一方金箔,用两片稍大一些的米黄棉纸包住。我们随着泰国的信徒,走到莲座下面的长条香案,把一尺半长的一枝单花含苞白莲放在一只浅铜盆里,再点亮红烛插上烛台,最后更燃香插入香炉。莲是佛座,烛是觉悟之光,至于三根香,则是献给佛祖、佛法、僧侣,所谓三宝。炉香袅袅之中,我们也与众人合掌跪祷。

"这金箔该怎么办呢?"我问一旁的信慧。

"撕下来,贴在佛身上。"她说。

"泰国人的传统,"传文笑说,"贴在佛头,就得智慧。贴在佛口,就善言辞。贴在佛的心口呢,就会心广体胖。"

我举头看佛,有五六层楼那么高,岂止是"丈二金刚,摸不着头脑"？莲台已经高过我头顶，"临时抱佛脚"都不可能。急切里，分开棉纸，取出闪光的金箔。怎么办呢？一看，也有人干脆贴在莲座底层，就照贴了。回头看我存怎么贴时，她已贴好，正心满意足地走了过来。原来龛下另有一座三尺高的佛像，脸上、身上贴满了金叶。

"你们要是喜欢，"信慧说，"还可以为黑佛披上黄缦。"

她把我们带到票台前面。一只盛着黄线的盒子上写着："披黄缦，一次一百三十铢。"那就是台币一百五十多元了。

"怎么披呢，这么高？"我问。

"他们会帮你做的。"信慧说。

我立刻付了泰币。那比丘尼从柜里取出一整匹黄缦，着我守在莲坛下面。不久，有声从屋顶反弹下来。仰望中，人头从佛像的巨肩后探出，一声低呼，金橘色的瀑布从半空泻落下来，兜头泼了我一身。黄洪停时，我抱了一满怀。但是也抱不了多久，因为黄缦的那一端她开始收线了。白带子收尽时，金橘色的瀑布便回流上升。这次轮到我放她收。再举头看时，我捐的黄缦已经飘然披上了黑佛的左肩。典礼完成。

我捐黄缦，不全是为了好奇。当天上午，在曼谷的玉佛寺内，我随众人跪在大堂上时，无意间把腿一伸，脚底对住了玉佛。那要算是冒犯神明了，令我蠢蠢不安。现在为佛披缦，潜意识里该是赎罪吧，冥冥之中或许功过能相抵么？

《六祖坛经》里说，梁武帝曾问达摩："朕一生造寺度僧，布施设斋，有何功德？"达摩答曰："实无功德。"每次读到这一段，都不禁觉得好笑。岂知心净即佛，更无须他求。韦刺史以此相问，六祖答得好："武帝心邪，不知正法。造寺度僧，布施设斋，名为求福，不可将福便为功德。功德在法身中，不在修福。"只要心净，无意之间冒犯了玉佛，并不能算是罪过。另一方面，烧香拜叩，捐款披袈，连梁武帝都及不上，更有什么功德？

想到这里，坦然一笑。走去票台，向满盛黄线的盒中取出四条。一条为我存系于左腕，一条自系，余下的两条准备带回台湾给两个女儿。

这美丽的纤细手镯，现在仍系在我的左腕，见证阿若他雅的一梦。

一九八八年五月

桥跨黄金城

一、长桥古堡

一行六人终于上得桥来。迎接我们的是两旁对立的灯柱,一盏盏古典的玻璃灯罩举着暖目的金黄。刮面是水寒的河风,一面还欺凌着我的两肘和膝盖。所幸两排金黄的桥灯,不但暖目,更加温心,正好为夜行人祛寒。水声潺潺盈耳,桥下,想必是魔涛河了。三十多年前,独客美国,常在冬天下午听斯麦塔纳的《魔涛河》和德沃夏克的《新世界交响曲》,绝未想到,有一天竟会踏上他们的故乡,把他们宏美的音波还原成这桥下的水波。靠在厚实的石栏上,可以俯见桥墩旁的木架上,一排排都是栖定的白鸥,虽然夜深风寒,却不见瑟缩之态。远处的河面倒漾着岸上的灯光,一律是安慰的熟铜烂金,温柔之中带着神秘,像什么童话的插图。

桥真是奇妙的东西。它架在两岸,原为过渡而设,但是人上了桥,却不急于赶赴对岸,反而耽赏风景起来。原来是道路,却变成了看台,不但可以仰天俯水,纵览两岸,还可以看看停停,从容漫步。爱桥的人没有一个不恨其短的,最好是永远走不到头,让重吨的魁梧把你凌空托在波上,背后的岸追不到你,前面的岸也捉你不着。于是你超然世外,不为物拘,简直是以桥为鞍,骑在一匹河的背上。河乃时间之隐喻,不舍昼夜,又为逝者之别名。然而逝去的是水,不是河。自其变者而观之,河乃时间;自其不变者而观之,河又似乎永恒。桥上人观之不厌的,也许就是这逝而犹在、常而恒迁的生命。而桥,两头抓住逃不走的岸,中间放走抓不住的河,这件事的意义,形而上的可供玄学家去苦思,形而下的不妨任诗人来歌咏。

但此刻我却不能在桥上从容觅句,因为已经夜深,十一月初的气候,在中欧这内陆国家,昼夜的温差颇大。在呢大衣里面,我只穿了一套厚西装,却无毛衣。此刻,桥上的气温该只有六七摄氏度吧。当然不是无知,竟然穿得这么单薄就来桥上,而是因为刚去对岸山上的布拉格堡,参加国际笔会的欢迎酒会,恐怕户内太暖,不敢穿得太多。

想到这里,不禁回顾对岸。高近百尺的桥尾堡,一座雄赳赳的哥特式四方塔楼,顶着黑压压的楔状塔尖,晕黄的灯光向上仰照,在夜色中矗然赫然有若巨灵。其后的簇簇尖塔探头探脑,都挤着要窥看我们,只恨这桥尾堡太近太高了,项背所阻,谁也出不了头。但更远更高处,晶莹天际,已经露出了一角布拉格堡。

"快来这边看!"茵西在前面喊我们。

大家转过身去,赶向桥心。茵西正在那边等我们。她的目光兴奋,正越过我们头顶,眺向远方,更伸臂向空指点。我们赶到她身边,再度回顾,顿然,全愕呆了。

刚才的桥尾堡矮了下去。在它的后面,不,上面,越过西岸所有的屋顶、塔顶、树顶,堂堂崛起布拉格堡嵯峨的幻象,那君临全城不可一世的气势、气派、气概,并不全在巍然而高,更在其千窗排比、横行不断、一气呵成的逦然而长。不知有几万烛光的脚灯反照宫墙,只觉连延的白壁上笼着一层虚幻的蛋壳青,显得分外晶莹惑眼,就这么展开了几近一公里的长梦。奇迹之上更奇迹,堡中的广场上更升起圣维徒斯大教堂,一簇峻塔锋芒毕露,凌乎这一切壮丽之上,刺进波希米亚高寒的夜空。

那一簇高高低低的塔楼,头角峥嵘,轮廓矍铄,把圣徒信徒的祷告举向天际,是布拉格所有眼睛仰望的焦点。那下面埋的是查理四世,藏的,是六百年前波希米亚君王的皇冠和权杖。所谓布拉格堡(Pražský hrad)并非一座单纯的城堡,而是一组美不胜收目不暇接的建筑,盘盘囷囷,历六世纪而告完成,其中至少有六座宫殿、四座塔楼、五座教堂,还有一座画廊。

刚才的酒会就在堡的西北端,一间豪华的西班牙厅(Spanish Hall)举行。惯于天花板低压头顶的现代人,在高如三楼的空厅上俯仰睥睨,真是"敞快"。复瓣密蕊的大吊灯已经灿人眉睫,再经四面的壁镜交相反映,更显富丽堂皇。原定十一点才散,但过了九点,微醺的我们已经不耐这样的摩肩接踵,胡乱掠食,便提前出走。

一踏进宽如广场的第二庭院,夜色逼人之中觉得还有样东西在压迫夜色,令人不安。原来是有两尊巨灵在宫楼的背后,正眈眈俯窥着我们。惊疑之下,六人穿过幽暗的走廊,来到第三庭院。尚未定下神来,逼人颙颙的双塔早蔽天塞地挡在前面,不,上面;绝壁拔升的气势,所有的线条所有的锐角都飞腾向上,把我们的目光一直带到塔顶,但是那嶙峋的斜坡太陡了,无可托趾,而仰瞥的角度也太高了,怎堪久留,所以冒险攀缘的目光立刻又失足滑落,直跌下来。

这圣维徒斯大教堂起建于一三四四年,朝西这边的新哥特式双塔却是十九世纪末所筑,高八十二米,门顶的八瓣玫瑰大窗直径为十点四米,彩色玻璃绘的是《创世记》。凡此都是后来才得知的,当时大家辛苦攀望,昏昏的夜空中只见这双塔肃立争高,被脚灯从下照明,宛若梦游所见,当然不遑辨认玫瑰窗的主题。

茵西领着我们,在布拉格堡深宫巨寺交错重叠的光影之间一路向东,摸索出路。她兼擅德文与俄文,两者均为布拉格的征服者所使用。她领着我们问路、点菜,都用德文。其实捷克语文出于斯拉夫系,为其西支,与俄文接近。以"茶"一字为例,欧洲各国皆用中文的发音,捷克文说čaj,和俄文 cháy 一样,是学汉语,德文说 tee,却和英文一样,是学闽南语。

在暖黄的街灯指引下,我们沿着灰紫色砖砌的坡道,一路走向这城堡的后门。布拉格有一百二十多万人口,但显然都不在这里。寒寂无风的空气中,只有六人的笑语和足音,在迤逦的荒巷里隐隐回荡。巷长而斜,整洁而又干净,偶尔有车驶过,轮胎在砖道上磨出细密而急骤的声响,恍若阵雨由远而近,复归于远,听来很有情韵。

终于我们走出了城堡,回顾堡门,两侧各有一名卫兵站岗。想起卡夫卡的 K 欲进入一神秘的古堡而不得其门,我们从一座深堡中却得其门而出,也许是象征布拉格真的自由了:不但摆脱了纳粹的噩梦,而且现在是开明的总统,也是杰出的戏剧家,哈维尔(Václav Havel, 1936—   ),坐在这布拉格堡里办公。

堡门右侧,地势突出成悬崖,上有看台,还围着一段残留的古堞。凭堞远眺，越过万户起伏的屋顶和静静北流的魔涛河，东岸的灯火尽在眼底。夜色迷离，第一次俯瞰这陌生的名城，自然难有指认的惊喜。但满城金黄的灯火，丛丛簇簇，宛若光蕊，那一盘温柔而神秘的金辉，令人目暖而神驰，尽管陌生，却感其似曾相识，直疑是梦境。也难怪布拉格叫做黄金城。

而在这一片高低迤逦远近交错的灯网之中，有一排金黄色分外显赫，互相呼应着凌水而渡，正在我们东南。那应该是——啊，有名的查理大桥了。茵西欣然点头，笑说正是。

于是我们振奋精神，重举倦足，在土黄的宫墙外，沿着织成图案的古老石阶，步下山去。

而现在，我们竟然立在桥心，回顾刚才摸索而出的古寺深宫，忽已矗现在彼岸，变成了幻异蛊人的空中楼阁、梦中城堡。真的，我们是从那里面出来的吗？这庄周式的疑问，即使问桥下北逝的流水，这千年古都的见证人，除了不置可否的潺潺之外，恐怕什么也问不出来。

二、查理大桥

过了两天，我们又去那座着魔的查理大桥（Charles Bridge，捷克文为 Karlǒv most）。魔涛河（Moldau，捷克文为 Vltava）上架桥十二，只有这座查理大桥不能通车，只可徒步，难怪行人都喜欢由此过桥。说是过桥，其实是游桥。因为桥上不但可以俯观流水，还可以远眺两岸：凝望流水久了，会有点受它催眠，也就是出神吧；而从桥上看岸，不但左右逢源，而且因为够远，正是美感的距离。如果桥上不起车尘，更可从容漫步。如果桥上有人卖艺，或有雕刻可观，当然就更动人。这些条件查理大桥无不具备，所以行人多在桥上流连，并不急于过桥：手段，反而胜于目的。

查理大桥为查理四世（Charles Ⅳ, 1316—1376）而命名，始建于一三五七年，直到十五世纪初才完成。桥长五百二十米，宽十米，由十六座桥墩支撑，全用灰扑扑的砂岩砌成。造桥人是查理四世的建筑总监巴勒（Peter Parler）：他是哥特式建筑的天才，包括圣维徒斯大教堂及老城桥塔在内，布拉格在中世纪的几座雄伟建筑都是他的杰作。十七世纪以来，两侧的石栏上不断加供圣徒的雕像，或为独像，例如圣奥古斯丁，或为群像，例如圣母恸抱耶稣，或为本地的守护神，例如圣温塞斯拉斯（Wenceslas），等距对峙，共有三十一组之多，连像座均高达二丈，简直是露天的天主教雕刻大展。

桥上既不走车，十米石砖铺砌的桥面全成了步道，便显得很宽坦了。两侧也有一些摊贩，多半是卖河上风光的绘画或照片，水准颇高，不然就是土产的发卡胸针、项链耳环之类，造型也不俗气，偶尔也有俄式的木偶或荷兰风味的瓷器街屋。这些小货摊排得很松，都挂出营业执照，而且一律不放音乐，更不用扩音器。音乐也有，或为吉他、提琴，或为爵士乐队，但因桥面空旷，水声潺潺，即使热烈的爵士乐萨克斯风，也迅随河风散去。一曲既罢，掌声零落，我们不忍，总是向倒置的呢帽多投几枚铜币。有一次还见有人变戏法，十分高明。这样悠闲的河上风情，令我想起《清明上河图》的景况。

行人在桥上，认真赶路的很少，多半是东张西望，或是三五成群，欲行还歇，仍以年轻人为多。人来人往，都各行其是，包括情侣相拥而吻,公开之中不失个别的隐私。若是独游,这桥上该也是旁观众生或是想心事最佳的去处。

河景也是大有可观的,而且观之不厌。布拉格乃千年之古城,久为波希米亚王国之京师,在查理四世任罗马皇帝的岁月,更贵为帝都,也是十四世纪欧洲有数的大城。这幸运的黄金城未遭兵燹重大的破坏,也绝少碍眼的现代建筑龃龉其间,因此历代的建筑风格,从高雅的罗马式到雄浑的哥特式,从巴洛克的宫殿到新艺术的荫道,均得保存迄今,乃使布拉格成为"具体而巨"的建筑史博物馆,而布拉格人简直就生活在艺术的传统里。

站在查理大桥上放眼两岸,或是徜徉在老城广场,看不尽哥特式的楼塔黛里带青,凛凛森严,犹似戴盔披甲,在守卫早已陷落的古城。但对照这些冷肃的身影,满城却千门万户,热闹着橙红屋顶和下面整齐而密切的排窗,那活泼生动的节奏,直追莫扎特的快板。最可贵的,是一排排的街屋,甚至一栋栋的宫殿,几乎全是四层楼高,所以放眼看去,情韵流畅而气象完整。

桥墩上栖着不少白鸥,每逢行人喂食,就纷纷飞起,在石栏边穿梭交织。行人只要向空中抛出一片面包,尚未落下,只觉白光一闪,早已被敏捷的黄喙接了过去。不过是几片而已,竟然召来这许多素衣侠高来高去,翻空蹑虚,展露如此惊人的轻功。

三、黄金巷

布拉格堡一探,犹未尽兴。隔一日,茵西又领了我们去黄金巷(Zlatá ulička)。那是一条令人怀古的砖道长巷,在堡之东北隅,一端可通古时囚人的达利波塔,另一端可通白塔。从堡尾的石阶一路上坡,入了古堡,两个右转就到了。巷的南边是伯尔格瑞夫宫,北边是碉堡的石壁,古时厚达一米。壁垒既峻,宫墙又高,黄金巷蜷在其间,有如峡谷,一排矮小的街屋,盖着瓦顶,就势贴靠在厚实的堡壁上。十六世纪以后,住在这一排陋屋里的,是号称神枪手(sharpshooters)的炮兵,后来金匠、裁缝之类也来此开铺。相传在鲁道夫二世之朝,这巷里开的都是炼金店,所以叫做黄金巷。

如今这些矮屋,有的漆成土红色,有的漆成淡黄、浅灰,蜷缩在斜覆的红瓦屋顶下,令人幻觉,怎么走进童话的插图里来了?这条巷子只有一百三十米长,但其宽度却不规则,阔处约为窄处的三倍。走过窄处,张臂几乎可以触到两边的墙壁,加以屋矮门低,墙壁的颜色又涂得稚气可掬,乃令人觉其可亲可爱,又有点不太现实。进了门去,更是屋小如舟,只要人多了一点,就会摩肩接踵,又仿佛是挤在电梯间里。

炮兵和金匠当然都不见了。兴奋的游客探头探脑,进出于迷你的玩具店、水晶店、书店、咖啡馆,总不免买些小纪念品回去。最吸引人的一家在浅绿色的墙上钉了一块细长的铜牌,上刻"弗兰茨·卡夫卡屋",颇带凡·高风格的草绿色门楣上,草草写上"二十二号"。里面是一间极小的书店,除了陈列一些卡夫卡的图片说明,就是卖书了。我用七十克朗(crown,捷克文为korun,与台币等值)买到一张布拉格的"漫画地图",十分得意。

"漫画地图"是我给取的绰号,因为正规地图原有的抽象符号,都用漫画的笔法,简要明快地绘成生动的具象,其结果是:地形与方位保持了常态,但建筑与行人、街道与广场的比例,却自由缩放,别有谐趣。

黄金巷快到尽头时,有一段变得更窄,下面是灰色的石砖古道,上面是苍白的一线阴天,两侧是削面而起的墙壁,纵横着斑驳的沧桑。行人走过,步声跫然,隐蔽之中别有一种隔世之感。这时光隧道通向一个空落落的天井,三面围着铁灰的厚墙,只有几扇封死了的高窗。显然,这就是古堡的尽头了。

寒冷的岑寂中,我们围坐在一柄夏天的凉伞下,捧喝着咖啡与热茶取暖。南边的石城墙上嵌着两扉木门,灰褐而斑驳,也是封死了的。门上的铜环,上一次是谁来叩响的呢,问满院的寂寞,所有的顽石都不肯回答。我们就那么坐着,似乎在倾听六百年古堡隐隐的耳语,在诉说一个灰颓的故事。若是深夜在此,查理四世的鬼魂一声咳嗽,整座空城该都有回声。而透过窄巷,仍可窥见那一头的游客来往不绝,恍若隔了一世。

四、犹太区

凡爱好音乐的人都知道,布拉格是斯麦塔纳和德沃夏克之城。同样,文学的读者也都知道,卡夫卡,悲哀的犹太天才,也是在此地诞生,写作,度过他一生短暂的岁月。

悲哀的犹太人在布拉格,已有上千年的历史。斯拉夫人来得最早,在第五世纪便住在今日布拉格堡所在的山上了。然后在第十世纪来了亚伯拉罕的后人,先是定居在魔涛河较上游的东岸,十三世纪中叶更在老城之北,正当魔涛河向东大转弯处,以今日"犹太旧新教堂"(Staronová syngoga)为中心,发展出犹太区来。

尽管犹太人纳税甚丰,当局对他们的态度却时宽时苛,而布拉格的市民也很不友善，因此犹太人没有公民权，有时甚至遭到迫迁。直到一八四八年，开明的哈布司堡朝皇帝约瑟夫二世(Joseph Ⅱ)才赋予其公民权。犹太人为了感恩，乃将此一地区改称"约瑟夫城"(Josefov)，一直沿用迄今。

这约瑟夫城围在布拉格老城之中，乃布拉格最小的一区，却是游客必访之地。茵西果然带我们去一游。我们从地铁的佛罗伦斯站（Florenc）坐车到桥站（Můstek），再转车到老城站(Staroměstská)，沿着西洛卡街东行一段，便到了老犹太公墓。从西洛卡街一路蜿蜒到利斯托巴杜街，这一片凌乱而又荒芜的墓地呈不规则的"Z"字形。其间的墓据说多达一万二千，三百多年间的葬者层层相叠,常在古墓之上堆上新土，再葬新鬼。最早的碑石刻于一四三九年，死者是诗人兼法学专家阿必多·卡拉；最后葬此的是摩西·贝克，时在一七八七年。由于已经墓满，"死无葬身之地"，此后的死者便葬去别处。

那天照例天阴，冷寂无风，进得墓地已经半下午了。叶落殆尽的枯树林中，飘满蚀黄锈赤的墓地上，尽堆着一排排一列列的石碑,都已半陷在土里,或正或斜，或倾侧而欲倒，或入土已深而只见碑顶，或出土而高欲与人齐，或交肩叠背相恃相倚，加以光影或迎或背，碑形或方或三角或繁复对称，千奇百怪，不一而足。石面的浮雕古拙而苍劲，有些花纹图案本身已恣肆淋漓，再历经风霜雨露天长地久的侵蚀，半由人雕凿半由造化磨炼，终于斑驳陆离完成这满院的雕刻大展，陈列着三百多年的生老病死，一整个民族流浪他乡的惊魂扰梦。

我们走走停停，凭吊久之，徒然猜测碑石上的希伯来古文刻的是谁何的姓氏与行业,不过发现石头的质地亦颇有差异:其中石纹粗犷、苍青而近黑者乃是砂岩,肌理光洁,或白皙或浅红者应为大理石;砂岩的墓碑年代古远,大理石碑当较晚期。

"这一大片迷魂石阵,"我转过头去对天恩说,"可称为布拉格的碑林。"

"一点也不错,"天恩走近来,"可是怎么只有石碑,不见坟墓?"

茵西也走过来,一面翻阅小册子,说道:"据说是石上填土,土上再立碑,共有十层之深。"

"真是不可思议,"隐地也拎着相机,追了上来。四顾不见邦媛,我存和我问茵西,茵西笑答:

"她在外面等我们呢。她说,黄昏的时候莫看坟墓。"

经此一说,大家都有点惴惴不安了,更觉得墓地的阴森加重了秋深的萧瑟。一时众人默然面对群碑,天色似乎也暗了一层。

"扰攘一生,也不过留下一块顽石。"天恩感叹。

"能留下一块碑就不错了,"茵西说,"二次大战期间,纳粹在这一带杀害了七万多犹太人。这些冤魂在犹太教堂的纪念墙上,每个人的名字和年份只占了短短窄窄一小行而已——"

"真的啊?"隐地说,"在哪里呢?"

"就在隔壁的教堂,"茵西说,"跟我来吧。"

墓地入口处有一座巴洛克式的小教堂,叫做克劳兹教堂(Klaus Synagogue),里面展出古希伯来文的手稿和名贵的版画,但令人低回难遣的,却是楼上收集的儿童作品。那一幅幅天真烂漫的素描和水彩,线条活泼,构图单纯,色调生动,在稚拙之中流露出童真的淘气、谐趣。观其潜力,若是加以培养,未必不能成就来日的米罗和克利。但是,看过了旁边的说明之后,你忽然笑不起来了。原来这些孩子都是纳粹占领期间关在泰瑞辛(Terezin)集中营里的小俘虏:当别的孩子在唱儿歌看童话,他们却挤在让人窒息的货车厢里,被押去令人呛咳而绝的毒气室,那灭族的屠场。

脚步沉重,心情更低沉,我们又去南边的一座教堂。那是十五世纪所建的文艺复兴式古屋,叫平卡斯教堂(Pinkas Synagogue),正在翻修。进得内堂,迎面是一股悲肃空廓的气氛,已经直觉事态严重。窗高而小,下面只有一面又一面石壁,令人绝望地仰面窥天,呼吸不畅,如在地牢。高峻峭起的石壁,一幅连接着一幅,从高出人头的上端,密密麻麻,几乎是不留余地,令人的目光难以举步,一排排横刻着死者的姓名和遇难的日期,名字用血的红色,死期用讣闻的黑色,一直排列到墙脚。我们看得眼花而鼻酸。凑近去细审徐读,才把这灭族的浩劫一一还原成家庭的噩耗。我站在 F 部的墙下,发现竟有心理学家弗洛伊德的宗亲,是这样刻的:

FREUD Artur 17.Ⅴ 1887–1.Ⅹ 1944 Flora 24.Ⅱ 1893–1.Ⅹ 1944

这么一排字,一个悲痛的极短篇,就说尽了这对苦命夫妻的一生。丈夫阿瑟·弗洛伊德比妻子芙罗拉大六岁,两人同日遇难,均死于一九四四年十月一日,丈夫五十七岁,妻子五十一岁,其时离大战结束不过七个月,竟也难逃劫数。另有一家人与汉学家佛朗科同姓,刻列如下:

　　FRANKL Leo 28.Ⅰ 1904–26.Ⅹ 1942 Olga 16.Ⅲ 1910–
26.Ⅹ 1942 Pavel 2.Ⅶ 1938–26.Ⅹ 1942

足见一家三口也是同日遭劫,死于一九四二年十月二十六日,爸
爸利欧只有三十八岁,妈妈娥佳只有三十二,男孩巴维才四岁
呢。仅此一幅就摩肩接踵,横刻了近二百排之多,几乎任挑一家
来核对,都是同年同月同日死去,偶有例外,也差得不多。在接近
墙脚的地方,我发现佛莱歇一家三代的死期:

　　FLEISCHER Adolf 15.Ⅹ 1872–6.Ⅵ 1943 Hermina 20.Ⅶ
1874–18.Ⅶ 1943 Oscar 29.Ⅳ 1902–28.Ⅳ 1942 Gerda 12.Ⅳ
1913–28.Ⅳ 1942 Jiri 23.Ⅹ 1937–28.Ⅳ 1942

根据这一串不祥数字,当可推测祖父阿道夫死于一九四三年六
月六日,享年(忍年?)七十一岁,祖母海敏娜比他晚死约一个半
月,忍年六十九岁;那一个半月她的悲怆或忧疑可想而知。至于
父亲奥斯卡、母亲葛儿妲、孩子吉瑞,则早于一九四二年四月二
十八日同时殉命,但祖父母是否知道,仅凭这一行半行数字却
难推想。

　　我一路看过去,心乱而眼酸,一面面石壁向我压来,令我窒
息。七万七千二百九十七具赤裸裸的尸体,从耄耋到稚婴,在绝
望而封闭的毒气室巨墓里扭曲着挣扎着死去,千肢万骸向我一
铲铲一车车抛来投来,将我一层层一叠叠压盖在下面。于是七万
多个名字,七万多不甘冤死的鬼魂,在这一面面密密麻麻的哭墙
上一起恸哭了起来,灭族的哭声、喊声,夫喊妻,母叫子,祖呼孙,

那样高分贝的悲痛和怨恨,向我衰弱的耳神经汹涌而来,历史的余波回响卷成灭顶的大旋涡,将我卷进……我听见在战争的深处母亲喊我的回声。

南京大屠杀,重庆大轰炸,我们的哭墙在何处?眼前这石壁上,无论多么拥挤,七万多犹太冤魂总算已各就各位,丈夫靠着亡妻,夭儿偎着生母,还有可供凭吊的方寸归宿。但我的同胞族人,武士刀燃烧弹下那许多孤魂野鬼,无名无姓,无宗无亲,无碑无坟,天地间,何曾有一面半面的哭墙供人指认?

五、卡夫卡

今日留居在布拉格的犹太人,已经不多了。曾经,他们有功于发展黄金城的经济与文化,但是往往赢不到当地捷克人的友谊。最狠的还是希特勒。他的计划是要"彻底解决",只保留一座"灭族绝种博物馆",那就是今日幸存的六座犹太教堂和一座犹太公墓。

德文与捷克文并为捷克的文学语言。里尔克（R.M. Rilke, 1875—1926）、费尔菲（Franz Werfel, 1890—1945）、卡夫卡（Franz Kafka, 1883—1924）同为诞生于布拉格的德语作家,但是前二人的交游不出犹太与德裔的圈子,倒是犹太裔的卡夫卡有意和当地的捷克人来往,并且公开支持社会主义。

然而就像他小说中的人物一样,卡夫卡始终突不破自己的困境,注定要不快乐一生。身为犹太种,他成为反犹太的对象。来自德语家庭,他得承受捷克人民的敌视。父亲是殷商,他又不见容于无产阶级。另一层不快则由于厌恨自己的职业:他在"劳工意外保险协会"一连做了十四年的公务员,也难怪他对官僚制度的荒谬着墨尤多。

此外,卡夫卡和女人之间亦多矛盾:他先后订过两次婚,都没有下文。但是一直压迫着他,使他的人格扭曲变形的,是他那壮硕而独断的父亲。在一封没有寄出的信里,卡夫卡怪父亲不了解他,使他丧失信心,并且产生罪恶感。他的父亲甚至骂他"虫豸"(einungeziefer)。紧张的家庭生活,强烈的宗教疑问,不断折磨着他。在《审判》、《城堡》、《变形记》等作品中,年轻的主角总是遭受父权人物或当局的误解、误判、虐待,甚至杀害。

就这么,这苦闷而焦虑的心灵在昼魇里徘徊梦游,一生都自困于布拉格的迷宫,直到末年,才因肺病死于维也纳近郊的疗养院。生前他发表的作品太少,未能成名,甚至临终都嘱友人布洛德(Max Brod)将他的遗稿一烧了之。幸而布洛德不但不听他的,反而将那些杰作,连同三千页的日记、书信,都编妥印出。不幸在当时的环境下,这些作品都无法流通。一九三一年,他的许多手稿被盖世太保没收,从此没有下文。后来,他的三个姊妹都被送去集中营,惨遭杀害。

直到二十世纪五十年代,在卡夫卡死后三十年,他的德文作品才译成了捷克文,并经苏格兰诗人缪尔夫妇(Edwin and Willa Muir)译成英文。

布拉格,美丽而悲哀的黄金城,其犹太经验尤其可哀。这金碧辉煌的文化古都,到处都听得见卡夫卡咳嗽的回声。最富于市井风味历史趣味的老城广场(Staroměstské náměstí),有一座十八世纪洛可可式的金斯基宫,卡夫卡就在里面的德文学校读过书,他的父亲也在里面开过时装配件店。广场的对面,还有卡夫卡艺廊,犹太区的入口处,梅索街五号有卡夫卡的雕像。许多书店的橱窗里都摆着他的书,挂着他的画像。

画中的卡夫卡浓眉大眼,忧郁的眼神满含焦灼,那一对瞳仁正是高高的狱窗,深囚的灵魂就攀在窗口向外窥探。黑发蓄成平头,低压在额头上。招风的大耳朵突出于两侧,警醒得似乎在收听什么可疑、可惊的动静。挺直的鼻梁,轮廓刚劲地从眉心削落下来,被丰满而富感性的嘴唇托个正着。

布拉格的迷宫把彷徨的卡夫卡困成了一场噩梦,最后这噩梦却回过头来,为这座黄金城加上了桂冠。

六、遭窃记

布拉格的地铁也叫 Metro,没有巴黎、伦敦的规模,只有三线,却也干净、迅疾、方便,而且便宜。令人吃惊的是:地道挖得很深,而自动电梯不但斜坡陡峭,并且移得很快,起步要是踏不稳准,同时牢牢抓住扶手,就很容易跌跤。梯道斜落而长,分为两层,每层都有五楼那么高。斜降而下,虽无滑雪那么迅猛,势亦可惊。俯冲之际,下瞰深谷,令人有伊于胡底之忧。

布城人口一百二十多万,街上并不显得怎么熙来攘往,可是地铁站上却真是挤,也许不是那么挤,而是因为电梯太快,加以一边俯冲而下,另一边则仰昂而上,倍增交错之势,令人分外紧张。尖峰时段,车上摩肩擦背,就更挤了。

我们一到布拉格,驻捷克代表处的谢新平代表伉俪及黄顾问接机设宴,席间不免问起当地的治安。主人笑了一下说:"倒不会抢,可是扒手不少,也得提防。"大家松了一口气,隐地却说:"不抢就好。至于偷嘛,也是凭智慧——"逗得大家笑了。

从此我们心上有了小偷的阴影,尤其一进地铁站,向导茵西就会提醒大家加强戒备。我在国外旅行,只要有机会搭地铁,很少放过,觉得跟当地中、下层民众挤在一起,虽然说不上什么"深入民间",至少也算见到了当地生活的某一横剖面,能与当地人同一节奏,总是值得。

有一天,在布拉格拥挤的地铁车上,见一干瘦老者声色颇厉地在责备几个少女,老者手拉吊环而立,少女们则坐在一排。开始我们以为那滔滔不绝的斯拉夫语,是长辈在训晚辈,直到一位少女赧赧含笑站起来,而老者立刻向空位上坐下去,才恍然他们并非一家人,而是老者责骂年轻人不懂让座,有失敬老之礼。我们颇有感慨,觉得那老叟能理直气壮地当众要年轻人让座,足见古礼尚未尽失,民风未尽浇薄。不料第二天在同样满座的地铁车上,一位十五六岁的男孩,像是中学生模样,竟然起身让我,令我很感意外。不忍辜负这好孩子的美意,我一面笑谢,一面立刻坐了下去。那孩子"日行一善",似乎还有点害羞,竟然半别过脸去。这一幕给我的印象至深,迄今温馨犹在心头。这小小的国民外交家,一念之仁,赢得游客由衷的铭感,胜过了千言不惭的观光手册。苦难的波希米亚人,一连经历了纳粹等许多凌虐折磨,竟然还有这么善良的子弟,令人对"共产国家"不禁改观。

到布拉格第四天的晚上,我们乘地铁回旅馆。车到共和广场(Náměsti Republicky),五个人都已下车,我跟在后面,正要跨出车厢,忽听有人大叫"钱包! 钱包!"声高而情急。等我定过神来,隐地已冲回车上,后面跟着茵西。车厢里一阵惊愕错乱,只听见隐地说:"证件全不见了!"整个车厢的目光都猬聚在隐地身上,看着他抓住一个六十上下的老人,抓住那老人手上的棕色提袋,打开一看——却是空的!

这时车门已自动合上。透过车窗,邦媛、天恩、我存正在月台上惶惑地向我们探望。车动了。茵西向他们大叫:"你们先回旅馆去!"列车出了站,加起速来。那被搜的老人也似乎一脸惶惑,拎着看来是无辜的提包。茵西追问隐地灾情有多惨重,我在心乱之中,只朦朦意识到"证件全不见了"似乎比丢钱更加严重。忽然,终站佛罗伦斯到了。隐地说:"下车吧!"茵西和我便随他下车。我们一路走回旅馆,途中隐地检查自己的背包,发现连美金带台币,被扒的钱包里大约值五百多美金。"还好,"他最后说,"大半的美金在背包里。台湾的身份证跟签账卡一起不见了,幸好护照没丢。不过——"

"不过怎么?"我紧张地问道。

"被扒的钱包是放在后边裤袋里的,"隐地啧啧纳罕,"袋是纽扣扣好的,可是钱包扒走了,纽扣还是扣得好好的。真是奇怪!"

茵西和我也想不通。我笑说:"恐怕真有三只手—— 一手解纽,一手偷钱,第三只再把纽扣上。"

知道护照还在,余钱无损,大家都舒了一口气。我忽然大笑,指着隐地说:"都是你,听谢代表说此地只偷不抢,别人都没开口,你却抢着说,偷钱要靠智慧,也是应该。真是一语成谶!"

七、缘短情长

捷克的玻璃业颇为悠久，早在十四世纪已经制造教堂的玻璃彩窗。今日波希米亚的雕花水晶，更广受各国欢迎。在布拉格逛街，最诱惑人的是琳琅满目的水晶店，几乎每条街都有，有的街更一连开了几家。那些彩杯与花瓶，果盘与吊灯，不但造型优雅，而且色调清纯，惊艳之际，观赏在目，摩挲在手，令人不觉陷入了一座透明的迷宫，唉，七彩的梦。醒来的时候，那梦已经包装好了，提在你的袋里，相当重呢，但心头却觉得轻快。何况价钱一点也不贵：台币三两百就可以买到小巧精致，上千，就可以拥有高贵大方了。

我们一家家看过去，提袋愈来愈沉，眼睛愈来愈亮，情绪不断上升。当然，有人不免觉得贵了，或是担心行李重了，我便念出即兴的四字诀来鼓舞士气：

　　昨天太穷

　　后天太老

　　今天不买

　　明天懊恼

大家觉得有趣，就一齐念将起来，真的感到理直气壮，愈买愈顺手了。

捷克的观光局要是懂事，应该把我这《劝购曲》买去宣传，一定能教无数守财奴解其啬囊。

捷克的木器也做得不赖。纪念品店里可以买到彩绘的漆盒，玲珑鲜丽，令人抚玩不忍释手。两三千元就可以买到精品。有一盒绘的是《天方夜谭》的魔毯飞行，神奇富丽，美不胜收，可惜我一念吝啬，竟未下手，落得"明天懊恼"之讥。

还有一种俄式木偶，有点像中国的不倒翁，绘的是胖墩墩的花衣村姑，七色鲜艳若俄国画家夏高（Marc Chagall）的画面。橱窗里常见这村姑成排站着，有时多达十一二个，但依次一个比一个要小一号。仔细看时，原来这些胖妞都可以齐腰剥开，里面是空的，正好装下小一号的"妹妹"。

一天晚上，我们去看了莫扎特的歌剧《唐·乔凡尼》（*Don Gio-vanni*），不是真人而是木偶所演。莫扎特生于萨尔斯堡，死于维也纳，但他的音乐却和布拉格不可分割。他一生去过那黄金城三次，第二次去就是为了《唐·乔凡尼》的世界首演。那富丽而饱满的序曲正是在演出的前夕神速谱成，乐队简直是现看现奏。莫扎特亲自指挥，前台与后台通力合作，居然十分成功。可是《唐·乔凡尼》在维也纳却不很受欢迎，所以莫扎特对布拉格心存感激，而布拉格也引以自豪。

一九九一年，为纪念莫扎特逝世二百周年，布拉格的国家木偶剧场（National Marionette Theatre）首次演出《唐·乔凡尼》，不料极为叫座，三年下来，演了近七百场，观众已达十一万人。我们去的那夜，也是客满。那些木偶约有半个人高，造型近于漫画，幕后由人拉线操纵，与音乐密切配合，而举手投足，弯腰扭头，甚至仰天跪地，一切动作在突兀之中别有谐趣，其妙正在真幻之间。

临行的上午，别情依依。隐地、天恩、我存和我四人，"回光返照",再去查理大桥。清冷的薄阴天,河风欺面,只有七八度的光景。桥上众艺杂陈,行人来去,仍是那么天长地久的市井闲情。想起二百年前,莫扎特排练罢《唐·乔凡尼》,沿着栗树掩映的小巷一路回家,也是从查理大桥,就是我正踏着的这座灰砖古桥,到对岸的史泰尼茨酒店喝一杯浓烈的土耳其咖啡;想起卡夫卡、里尔克的步声也在这桥上橐橐踏过,感动之中更觉得离情渐浓。

我们提着桥头店中刚买的木偶:隐地和天恩各提着一个小卓别林,戴高帽,挥手杖,蓄黑髭,张着外八字,十分惹笑。我提的则是大眼睛翘鼻子的木偶皮诺曹,也是人见人爱。

沿着桥尾斜落的石级,我们走下桥去,来到康佩小村,进了一家叫"金剪刀"的小餐馆。店小如舟,掩映着白纱的窗景却精巧如画,菜价只有台北的一半。这一切,加上户内的温暖,对照着河上的凄冽,令我们懒而又赖,像古希腊耽食落拓枣的浪子,流连忘归。尤其是隐地,尽管遭窃,对布拉格之眷眷仍不改其深。问起他此刻的心情,他的语气恬淡而隽永:

"完全是缘分,"隐地说,"钱包跟我已经多年,到此缘尽,所以分手。至于那张身份证嘛,不肯跟我回去,也只是另一个自我,潜意识里要永远留在布拉格城。"

看来隐地经此一劫,境界日高。他已经不再是苦主,而是哲学家了。偷,而能得手,是聪明。被偷,而能放手,甚至放心,就是智慧了。

于是我们随智者过桥,再过六百年的查理大桥。白鸥飞起,回头是岸。

一九九四年十二月

黄河一掬

厢型车终于在大坝上停定,大家陆续跳下车来。还未及看清河水的流势,脸上忽感微微刺麻,风沙早已刷过来了。没遮没拦的长风挟着细沙,像一阵小规模的沙尘暴,在华北大平原上卷地刮来,不冷,但是挺欺负人,使胸臆发紧。我存和幼珊都把自己裹得密密实实,火红的风衣牵动了荒旷的河景。我也戴着扁呢帽,把绒袄的拉链直拉到喉核。一行八九个人,跟着永波、建辉、周晖,向大坝下面的河岸走去。

这是临别济南的前一天上午,山东大学安排我们去看黄河。车沿着二环东路一直驶来,做主人的见我神情热切,问题不绝,不愿扫客人的兴,也不想纵容我期待太奢,只平实地回答,最后补了一句:"水色有点浑,水势倒还不小。不过去年断流了一百多天,不会太壮观。"

这些话我也听说过,心里已有准备。现在当场便见分晓,再提警告,就像孩子回家,已到门口,却听邻人说,这些年你妈妈病了,瘦了,几乎要认不得了,总还是难受的。

天高地迥,河景完全敞开,触目空廓而寂寥,几乎什么也没有。河面不算很阔,最多五百米吧,可是两岸的沙地都很宽坦,平面就延伸得倍加旷远,似乎再也钩不到边。昊天和洪水的接缝处,一线苍苍像是麦田,后面像是新造的白杨树林。此外,除了漠漠的天穹,下面是无边无际无可奈何的低调土黄,河水是土黄里带一点赭,调得不很匀称,沙地是稻草黄带一点灰,泥多则暗,沙多则浅,上面是浅黄或发白的枯草。

"河面怎么不很规则?"我转问建辉。

"黄河从西边来,"建辉说,"到这里朝北一个大转弯。"

这才看出,黄浪滔滔,远来的这条浑龙一扭腰身,转出了一个大锐角,对岸变成了一个半岛,岛尖正对着我们。回头再望此岸的堤坝,已经落在远处,像瓦灰色的一长段城垣。更远处,在对岸的一线青意后面,隆起一脉山影,状如压瘪了的英文大写字母M,又像半浮在水面的象背。那形状我一眼就认出来了,无须向陪我的主人求证。我指给我存看。

"你确定是鹊山吗?"我存将信将疑。

"当然是的,"我笑道,"正是赵孟頫的名画《鹊华秋色》里,左边的那座鹊山。曾繁仁校长带我们去淄博,出济南不久,高速公路右边先出现华山,尖得像一座翠绿的金字塔,接着再出现的就是鹊山。一刚一柔,无端端在平地耸起,令人难忘。从淄博回来,又出现在左边,可惜不能停下来细看。"

周晖走过来,证实了我的指认。

"徐志摩那年空难,"我又说,"飞机叫济南号,果然在济南附近出事,太巧合了。不过撞的不是泰山,是开山,在党家庄。你们知道在哪里吗？"

"我倒不清楚。"建辉说。

我指着远处的鹊山说："就在鹊山的背后。"又回头对建辉说："这里离河水还是太远，再走近些好吗？我想摸一下河水。"

于是永波和建辉领路，沿着一大片麦苗田，带着众人在泥泞的窄埂上，一脚高一脚低，向最低的近水处走去。终于够低了，也够近了，但沙泥也更湿软。我虚踩在浮土和枯草上，就探身要去摸水，大家在背后叫小心。岌岌加上翼翼，我的手终于半伸进黄河。

一刹那，我的热血触到了黄河的体温，凉凉的，令人兴奋。古老的黄河，从史前的洪荒里已经失踪的星宿海里四千六百里，绕河套、撞龙门、过英雄进进出出的潼关一路朝山东奔来，从斛律金的牧歌李白的乐府里日夜流来，你饮过多少英雄的血难民的泪，改过多少次道啊发过多少次泛涝，二十四史，哪一页没有你浊浪的回声？几曾见天下太平啊让河水终于澄清？流到我手边你已经奔波了几亿年了，那么长的生命我不过触到你一息的脉搏。无论我握得有多紧你都会从我的拳里挣脱。就算如此吧，这一瞬我已经等了七十几年了绝对值得。不到黄河心不死，到了黄河又如何？又如何呢？至少我指隙曾流过黄河。

至少我已经拜过了黄河，黄河也终于亲认过我。在诗里文里我高呼低唤他不知多少遍，在山大演讲时我朗诵那首《民歌》，等到第二遍，五百听众就齐声来和我：

传说北方有一首民歌
只有黄河的肺活量能歌唱
从青海到黄海

　　风　也听见

　　沙　也听见

我高呼一声"风"，五百张口的肺活量忽然爆发，合力应一声"也听见"。我再呼"沙"，五百管喉再合应一声"也听见"。全场就在热血的呼应中结束。

　　华夏子孙对黄河的感情，正如胎记一般地不可磨灭。流沙河写信告诉我，他坐火车过黄河读我的《黄河》一诗，十分感动，奇怪我没见过黄河怎么写得出来。其实这是胎里带来的，从《诗经》到刘鹗，哪一句不是黄河奶出来的？黄河断流，就等于中国断奶。山大副校长徐显明在席间痛陈国情，说他每次过黄河大桥都不禁要流泪。这话简直有《世说新语》的慷慨，我完全懂得。龚自珍《己亥杂诗》不也说过么：

　　亦是今生未曾有

　　满襟清泪渡黄河

　　他的情人灵箫怕龚自珍耽于儿女情长，甚至用黄河来激励须眉：

　　为恐刘郎英气尽

　　卷帘梳洗望黄河

想到这里，我从衣袋里掏出一张自己的名片，对着滚滚东去的黄河低头默祷了一阵，右手一扬，雪白的名片一番飘舞，就被起伏的浪头接去了。大家齐望着我,似乎不觉得这僭妄的一投有何不妥,反而纵容地赞许笑呼。我存和幼珊也相继来水边探求黄河的浸礼。看到女儿认真地伸手入河,想起她那么大了做爸爸的才有机会带她来认河,想当年做爸爸的告别这一片后土只有她今日一半的年纪,我的眼睛就湿了。

　　回到车上,大家忙着拭去鞋底的湿泥。我默默,只觉得不忍。翌晨山大的友人去机场送别,我就穿着泥鞋登机。回到高雄,我才把干土刮尽,珍藏在一只名片盒里。从此每到深夜,书房里就传出隐隐的水声。

二○○一年七月

谁能叫世界停止三秒？

　　如果镜子是无心的相机，所以健忘，那么相机就是多情的镜子，所以留影。这世界，对镜子只是过眼云烟，但是对相机却是过目不忘。如果当初有幸映照海伦的镜子是一架相机，我们就有福像希腊的英雄，得以餍足传说的绝色了。可怜古人，只能对着镜子顾影自怜，即使那喀索斯（Narcissus），也不过临流自恋，哪像现代人这样，自怜起来，总有千百张照片，不，千百面镜子，可供顾影。

　　在忙碌的现代社会，谁能叫世界停止三秒钟呢？谁也不能，除了摄影师。一张团体照，先是为让座扰攘了半天，好不容易都各就神位，后排的立者不是高矮悬殊，就是左右失称，不然就是谁的眼镜反光，或是帽穗不整，总之是教摄影师看不顺眼，要叫阵一般呼喝纠正。大太阳下，或是寒风之中，一连十几分钟，管你是君王还是总统，谁能够违背掌控相机的人呢？

　　"不要动！"

102

最后的一道命令有绝对的权威。谁敢动一根睫毛，做害群之马呢？这一声呼喝的威慑，简直像美国的警察喝止逃犯：Freeze！真吓得众人决眦裂眶，笑容僵硬，再三吩咐 Say cheese 也没用。相片冲出来了，一看，美中不足，总有人反应迟缓，还是眨了眼睛。人类正如希腊神话的百眼怪物阿格斯（Argus），总有几只眼睛是闭目养神的。

排排坐，不为吃果果，却为照群相。其结果照例是单调而乏味。近年去各地演讲，常受镁光闪闪的电击，听众轮番来合影，更成了"换汤不换药"的场面，久之深尝为药之苦。笑容本应风行水上，自然成纹，一旦努力维持，就变成了假面，沦为伪善。久之我竟发明了一个应战的新招。

摄影师在要按快门之前，照例要喊"一——二——三！"这老招其实并不管用，甚至会帮倒忙，因为喊"一——二——"的时候，"摄众"已经全神戒备，等到喊"三——"表情早已呆滞，而笑容，如果真有的话，也早因勉强延长而开始僵化。所以群照千篇一律，总不免刻板乏味。倒是行动中的人像，例如腾跳的选手、引吭的歌手、旋身的舞者、举杖的指挥，表情与姿势就都自然而生动。

因此近年我接受摄影，常要对方省掉这记旧招，而改为任我望向别处，只等他一声叫"好！"我就蓦然回首，注视镜头。这样，我的表情也好，姿势也好，都是新的，即使笑容也是初绽。在一切都还来不及发呆之前，快门一闪，刹那早已成擒。

摄影，是一门艺术吗？当然是的。不过这门艺术，是神做一半，人做一半。对莫奈来说，光，就是神。濛鸿之初，神曰，天应有光，光乃生。断霞横空，月影在水，哲人冥思，佳人回眸，都是已有之景，已然之情，也就是说神已做了一半。但是要捕永恒于刹那，擒光影于恰好,还有待把握相机的高手。当奇迹发生,你得在场,你的追光宝盒得在手边,一掏便出,像西部神枪手那样。

阿富汗少女眼瞳奋睁的神色,既惊且怒,在《国家地理杂志》的封面上,瞪得全世界背脊发毛,良心不安。仅此一瞥,比起阿富汗派遣能言善辩的外交官去联合国控诉,更为有力,更加深刻,更像一场眼睁睁的梦魇。但是那奇迹千载难逢,一瞥便逝,不容你喊什么"一——二——三"!

其实摄影要成为艺术,至少成为终身难忘的纪念,镜头前面的受摄人,有时,也可以反客为主,有所贡献的。不论端坐或肃立,正面而又正色的人像,实在太常见了,为什么不照侧面或背影呢?今日媒体这么发达,记者拍照,电视摄影,久矣我已习于镜头的瞪视。记者成了业余导演,一会儿要我坐在桌前作写诗状,一会儿又要我倚架翻书;到了户外,不是要我独步长廊,便是要我憩歇在菩提树下,甚至伫立在堤上,看整座海峡在悲怆的暮色里把落日接走。我成了一个半调子的临时演员,在自己的诗境里进进出出。久之我也会选择背景,安排姿势,或出其不意地回头挥手。

有一年带中山大学的学生去南非交流,到了祖鲁族的村落,大家都争与土著并立摄影,我认为那样太可惜了,便请一位祖鲁战士朝我挥戈,矛尖直指我咽喉,我则举手护头,作危急状。

一九八一年大陆开放不久,辛笛与柯灵随团去香港,参加中文大学主办的"四十年代文学研讨会"。辛笛当年出过诗集《手掌集》,我就此书提出一篇论文,因题生题,就叫《试为辛笛看手相》,大家觉得有趣。会后晚宴,摄影师特别为我与辛笛先生合照留念。突然我把他的右手握起,请他摊开掌心,任我指指点点,像是在看手相。辛笛大悦,众人大笑。

有一次在西子湾,钟玲为获得"国家文艺奖"宴请系上的研究生,餐后师生轮流照相。何瑞莲与郑淑锦,一左一右,正要和我合影,忽然我的两肩同受压力,原来是瑞莲的右肘和淑锦的左臂一齐搁了上来。她们是见机即兴,还是早有阴谋,我不知道。总之这一招奇袭,令平日保守的师生一惊,一笑,并且为我家满坑满谷的照片添了有趣的一张。那天阳光颇艳,我戴了一副墨镜,有人看到照片,说我像个黑道大哥。

上个月回中文大学,许云娴带我去新亚书院的新景点"天人合一"。她告诉我,金耀基校长夸称此乃香港第二景,人问第一景何在,金耀基笑曰:"尚未发现。"我们走近"天人合一",只觉水光潋滟,一片空明,怎么吐露港波满欲溢,竟然侵到校园的崖边来了? 正感目迷神荡,惊疑未定,云娴笑说:"且随我来。"便领我向空明走去。这才发现,原来崖边是一汪小池,泓澄清澈,满而未溢,远远看过来,竟有与海相接的幻觉。人工巧接天然,故云"天人合一"。一条小径沿着悬崖绕到池后,狭险至极。大家轮流危立在径道上,背海面池照起相来。轮到我时,我便跪了下来,把下巴搁在池边。照片冲出来后,只见我的头颅浮在浩渺之上,朋友乍见,一时都愕然不解。

人生一世,贪嗔兼痴,自有千般因缘,种种难舍。雪泥鸿爪,谁能留得住,记得清呢? 记日记吗,太耗时了。摄影,不但快速,而且巨细不遗,倒是方便得多。黄金分割的一小块长方形,是一整个迷幻世界,容得下你的亲人、情人、友人;而更重要的,是你,这世界的主角,也在其中。王尔德说他一生最长的罗曼史,便是自恋。所以每个人都有无数的照片,尤其是自己的倩影。孙悟空可以吹毛分身,七十二变。现代人摄影分身,何止七十二变呢? 家家户户,照片泛滥成灾,是必然的。

这种自恋的罗曼史,不像日记那样只堪私藏,反而公开炫示才能满足。主人要享炫耀之乐,客人就得尽观赏之责。几张零照倒不足畏,最可畏的,是主人隆而重之,抱出好几本相簿来飨客。眼看这展示会,餐罢最后的一道甜点,一时是收不了的了,客人只好深呼吸以迎战,不仅凝眸细赏,更要啧啧赞叹。如果运气好,主人起身去添茶或听电话,客人便可乘机一下子多翻几页。

一人之自恋,他人之疲倦。话虽如此,敝帚仍然值得自珍。我家照片泛滥,相簿枕藉,上万张是一定的,好几万也可能。年轻时照的太少,后来照的太多,近年照的有不少实在多余。其中值得珍藏并对之怀旧甚至怀古的,也该有好几百张。身为人子、人夫、人父、人祖、人友、人师,那些亲友与宝贝学生的照片当然最为可贵。但身为诗人,有两张照片,特别值得一提。

第一张是群照,摄于一九六一年初。当时我英译的《中国新诗选》在香港出版,"台北美国大使馆"办了一个茶会庆祝,邀请入选的诗人参加,胡适与罗家伦更以新文学前辈的身份光临。胡适是新诗的开山祖,会上免不了应邀致词,用流利的英语,从追述新诗的发轫到鼓励后辈的诗人,说了十分钟话。有些入选的诗人,如瘂弦、阮囊、向明,那天未能出席,十分可惜。但上照的仍为多数,计有纪弦、钟鼎文、覃子豪、周梦蝶、夏菁、罗门、蓉子、洛夫、郑愁予、叶珊和我,共为十一人。就当年而言,大半个诗坛都在其中了。

另一张是我和弗罗斯特的合照,摄于一九五九年。当时我三十一岁,老诗人已经八十五了。他正面坐着,我则站在椅后,斜侍于侧。老诗人须发皆白,似在冥想,却不很显得龙钟。他手握老派的派克钢笔,正应我之请准备在我新买的《弗罗斯特诗集》上题字。我心里想的,是眼前这一头银丝,若能偷剪数缕,回去分赠给台湾的诗友,这大礼可是既轻又重啊。

这张合照经过放大装框,高踞我书房的架顶,久已成了我的"长老缪斯",也是我家四个女儿"眼熟能详"的艺术图腾,跟凡·高、王尔德、披头士一样。只有教美国诗到弗罗斯特时,才把他请下架来,拿去班上给小他一百一十岁的学生传观,使他们惊觉,书上的大诗人跟他们并非毫无关系。

胡适逝于一九六二年,弗罗斯特逝于翌年。留下了照片,虽然不像留下著作那么重要,却也是另一方式的传后,令隔代的读者更感亲切。从照片上看,翩翩才子的王尔德实在嫌胖了,不像他的警句那么锋芒逼人,不免扫兴。我常想,如果孔子真留下一张照片,我们就可以仔细端详,圣人究竟是什么模样,难道真如郑人所说,"累累若丧家之狗"?中国的历史太长,古代的圣贤豪杰不要说照片了,连画像也非当代的写真。后世画家所作的画像,该是依据古人的人品或风格揣摩而来,像梁楷的《太白行吟图》与苏六朋的《太白醉酒图》,虽为逸品,却是写意。杨荫深编著的《中国文学家列传》,五百二十人中附画像的约有五分之一,可是面貌往往相似,不出麻衣相法的典型脸谱,望之令人发笑。

英国工党的要角班东尼(Tony Benn)有一句名言:"人生的遭遇,大半是片刻的欢乐换来终身的不安;摄影,却是片刻的不安换来终身的欢乐。"难怪有那么多发烧的摄影迷不断地换相机,装胶卷,睁一眼,闭一眼,镁光闪闪,快门刷刷,明知这世界不断在逃走,却千方百计,要将它留住。

二〇〇三年十二月

拜冰之旅

一

　　一生何其有幸，蒙海青睐，直到现今。先是中文大学的宿舍，阳台临海，吐露港的水光粼粼，十年都看之不足，依依难舍。幸而再回台湾不是回台北，而是来了高雄，海缘得以不断。中山大学宿舍的阳台，竟也遥接水天，里面是高雄港，而越过旗津，外面烟波浩荡，竟是海峡。我的研究室也有巨幅长窗，可以恣览海景，看一线长弧沿着微微隆起的汪洋水镜，把夕照的火球炙炙接走。

　　天长地久，朝夕与海为邻的这种缘分，不是高攀而是"阔交"。加上读厦门大学那半年，迄今我的海缘已长达三十二年，占了我年岁的五分之二，对爱海的人来说，真是够阔的了。当然，像我这样的人只是近海，还说不上亲海。至于要与海深交，那只能徒羡水手、水兵、渔夫、潜夫、蛙人了。折中一下，岸上人要亲海尚有一途，就是航海了，只要不晕船，还是很有趣的。

　　近年空运发达，远行的人都乘机，不再坐船了。飞行比航行固然便捷,但是反过来却失去航海的逍遥从容。飞行像是蜻蜓点水,点的却是繁忙紧张的机场。航行则不同,反正一切都交给船了,船当然也交给海了,做定了海的长客,几天,甚至几星期都不用理会陆上的烦恼了,可以心安理得地逃避现实。让人间缩成一条水平线吧,让日月星辰陪着你从容踱步,世界上没有地方比长长的甲板更便于思前想后,想不完心事的了。比起甲板的海阔天空,坐飞机简直像坐牢,比坐牢还挤,进餐时,大丈夫只能屈而不敢伸,如厕呢,算了吧。我深深怀念有船可乘的从前。

我这一代人当然是常坐船的。不提河船,第一次航海是父母带我从上海回福建。第二次是抗战时母亲带我,自沪过港去越南。第三次是内战时从上海去厦门,半年后又从厦门去香港,最后则是从香港坐船首次来台湾,在基隆上岸。最远最久的一次却是一九五九年从美国坐招商局的货轮"海上号",横越太平洋,停泊横滨,绕过鹅銮鼻,由高雄登陆回到台湾,历时将近一个月。

之后就很久没坐海船了。其间曾经乘风破浪,从法国的加莱(Calais)去英国的福克斯东(Folkstone),或从苏格兰西岸开车上船,去离岛斯开(Isle of Skye),都只能算是近渡,而非远航。

所以在香港十一年,每次在尖沙咀码头,赫然看见远洋的游轮来停泊,都非常惊喜。乳白色的船影,映得整个维多利亚港顿然亮丽起来,高雅而优越的姿态令人联想到一只白天鹅,临水自鉴。"伊丽莎白号"来港停泊,我正在太平山顶的旋转餐厅上,用一览无遗的高度俯瞰她雍容安稳地泊定在码头,足足高兴了一天,苏联的游轮"高尔基号"停靠岸边时,我和国彬用俄文的拼音读出了 МАКСИМ ГОРЬКИЙ,兴奋得沿舷而奔,似乎要窥破铁幕的深邃。那气氛,跟"伊丽莎白号"自不相同。

二

二○○六年是我们夫妻的金婚之年，四个女儿早就蠢蠢欲动，迫不及待地在讨论该如何庆祝了。饮水思源，她们理应关心，因为半世纪前若非妈妈为爸爸披上婚纱，她们怎会一个接一个密集地来厦门街的古屋报到，演成八根小辫子满屋笑摇的盛会呢？可是金婚庆典的讨论会并不简单：四姐妹天各一方，近者在高雄、台中，远者在纽约、温哥华，长途电话打了又打，海底电缆想必为之线热。四姐妹都长大了，变成"熟女"，每人一个大"异果"(ego)，所以屡乔不定。最后留下了两路待选：陆路是驾车去加拿大的落基山区游邦夫或贾斯帕公园，水路则是乘大游轮去阿拉斯加看冰河。起点同样是温哥华。

水路是我的选择，始终不曾动摇。我的理由是：陆路也许较有弹性，随时可以修正计划，但自由的代价是不断要找旅馆，三餐要找饭店，而三代九人同游，一辆厢型车太挤，分驾两车又联络不便，而行李之复杂，装车加提取之纷扰，更是烦心。女人又特别多，每天要等齐了可以上路，总不会在十点以前。如此折腾来去，游则游矣，逍遥则未必，辛苦定难免。李白早就说过："嗟尔远道之人，胡为乎来哉！"

反过来呢，如果走水路，就稳当而逍遥，把一切都交给一条船，一艘无所不备无所不纳的远洋巨舶，旅馆与餐厅全在其中，而行程呢，她本身就是世上载重行远的最大行宫。祖孙三代的九人行，全由她轻轻松松地接下，而且不用鸡零狗碎地付账找钱：

一张船票就全都付了。

做爸爸的详陈其利，何况还真有魁伟奇丽的冰河会在船头巍然崛起。妈妈的想法也一样。我们毕竟是金婚的双主角啊，四位千金加起来，怎么敌得过五十年历劫不换的真金呢？女儿和女婿拗不过我们，于是，有这么一艘巨舶，就远在温哥华等我们了。

三

高架凌空的狮桥大门已过了，我们的冰川之旅终于起程。全程一千九百八十七海里，相当于二千二百八十五英里，一连七夜都住在船上。途中只靠三个港口，第一个港口锡特卡，要第三天中午才到，所以第一段水程八百多英里一直以船为家，满船海客也只有一心一意把什么都交给海了。

出航的兴奋加上海天空阔的自由，把海客留在甲板上，不愿就回舱休息。何况高纬近五十度的八月中旬，黄昏来得很迟，一望无垠的水面尚无暮感。累，是有点累了。倒不是上船时有多纷乱，因为乘客应该知道或预备的事情，在船票预售时早已详细交代，所以到时登舟，码头上秩序井然，先接行李，后上乘客，一一分区依号，步骤清楚而且流畅。乘客随侍役引导，住进各自的舱房，一小时后，行李就送到门口了。一切比预期的都简捷得多。于是你确信，全程的服务必然一流。

有一点累，是因为上船从下午一点开始，粗定之后，所有乘客都必须参加开船之前的救生训练。五点整警铃一响，逾千乘客必须分区集合，穿上救生衣，随船上的官佐赶到各自的救生艇前,等候指示。这行动虽然只是预习,却也令人有些紧张,不禁想到泰坦尼克号。预习完毕,五点三刻,我们的游轮"无限号"(Infinity)准时开船。

一连七天,我们赖以安身立命的这艘"无限号":二〇〇一年在法国建造,吨位九万一千,全长九百六十四英尺,近于五分之一英里,动力为燃汽轮机(GTS),时速二十四海里,相当于四十四公里。像一切远航游轮,她也是一艘楼船,高十一层,有电梯十座。至于乘载量,也是海量,能容乘客二千零三十八人,船员九百五十人。官佐清一色是希腊籍,船长和大副、轮机长等等都出生于雅典的海港派瑞厄斯(Piraeus)。舱房与餐厅的职员非常国际化,来自五十多国;各种活动的安排则多由美国籍职员负责。

厨房当然热闹非凡。一连七天,要让三千人饕餮无缺,贮藏也极可观。单说牛肉,就预备了九千二百五十磅,还不包括二千二百五十磅小牛肉。鱼带了六千磅,鸡三千磅,蔬菜二万六千磅,水果三万六千磅。至于各式各样的酒,从微醺的啤酒到酩酊的伏特加,一共带了一万三千八百瓶。我能够吞的咽的,虽然远在平均的一人份之下,但想想有这么多佳肴美酒,库满舱盈地来助游兴,总还是令人高兴的,尤其是为那些贪嘴馋肠。

不少人会以为,要跻身于如此的豪华远航之列,一定得破一笔小财吧?倒也未必。若是要住进顶楼的套房,敞舱与阳台均宽逾一千平方英尺,那票价当然可观。其实有窗朝外的所谓"海景舱"(ocean-view stateroom),也有二百三十五间,已经很正点了。我们夫妻住的这样一间,设备也颇齐全,而最重要的是有一圆窗,直径三英尺半,阔蓝的海景浩荡,一望无阻。就凭这一面魔镜,整海的波涛都召之即来,任我检阅。所以舱不嫌小,窗不嫌大,海呢,不嫌其变化无穷。我们的海景舱在第七层,房号7007,贴近船头,要去船尾用餐,得沿深长的内廊越过"船腰"(midship section),迈步疾走至少六百步。

至于票价,夫妻同舱,是三千一百六十美元。这价钱绝不算贵:想想看,七宿加二十一餐再乘以二,加各种设备、各种活动,加清新的海风、变幻的海景、停靠的港口、壮丽的冰河,再加这日间的逍遥行宫夜间的千人摇篮,不,水床,为你两千里一路乘风破浪。再加上管理完善,态度周到,真令人觉得毫无遗憾,值得重游。老帝国主义加上新科技万能,好到不行。

船上的设备堪称多元:除了大小各式餐馆、酒吧之外,还有戏院、赌场、泳池、健身房、电脑室、照相馆等等,再加上简直像一条街那样密集排列的珠宝店、民俗店、时装店、糕饼店等。至于活动,更多姿彩。我们看过一次油画拍卖,觉得作品都不高明。赌场必须穿越,却不觉得诱惑。甲板上的推铁饼戏,倒和女儿玩过几回。戏院也是常去,看了一些老片。孙女姝婷常跟着我们,但似乎不太懂阿姨们在讲什么。她的十三岁哥哥飞黄,习于独来独往,在船上巧遇了美国同学,就跟着去全船乱窜,往往不知此刻究竟在第几层的何处,呈半失踪状态。九万吨的大船像一座深山,我们和四个女儿、一个大女婿,也经常在山里捉迷藏。

四

加拿大的西岸面对太平洋,陆上多山,水上多岛,船行其间,海客左顾右盼,山姿岛态再添上倒影波光,简直应接不暇。那绵延的山岭贴近岸边，与其后的落基主脉大致平行，可以视为副脉。屏风一般的近海群岛，或断或续，其实也是海底起伏的丘陵，不甘寂寞的一些，爱出峰头，探出水面，就成了小屿大岛。最大的一座屏于温哥华沿岸，形状有如扁长的台湾，面积也有台湾的六分之五。近岸多岛，又与岸平行，就有许多海峡，由南往北，依次名为乔治亚、江斯通、夏洛蒂皇后、黑卡蒂；再往北，小岛与窄峡就更纷繁，而且岸区已属阿拉斯加东南部的狭长地带，状如勺柄。"无限号"的冰川之旅，停泊的三个港口，锡特卡、朱诺、凯其根，全在阿拉斯加，要看的赫巴德冰川（Hubbard Glacier）与满汀河冰川（Mendenhall Glacier），也在朱诺一带。"无限号"驶到赫巴德冰川，乃是此行的北端，余程就回头南下了。

正是八月中旬，台湾方苦于酷暑，高纬的加拿大与阿拉斯加却冷如台湾的隆冬：温哥华近北纬五十度，相当于布拉格；阿拉斯加首府朱诺近北纬六十度，已相当于圣彼得堡了。我们的航程，温度总在二十一摄氏度至十一摄氏度之间。当风立在甲板上，往往觉得更冷，必须戴帽。

一路往北，前半程岛多岸近，常有转折，好像行于狭长的回廊，只觉风平浪静。过了加拿大西岸的北限，进入阿拉斯加的水域，渐觉海阔岛渺，真正入了海神的辖区：大哉水的帝国，岛的棋盘，以经纬纵横恣画方格，让水族浮潜，鲸鲨出没，永远开放的蓝色公路，让有鳍的有尾的有桨的有舵的有帆的有轮机辘辘有声呐与雷达的甚至仅凭四肢伶俐的一切一切，自由来去。

第二天的夜里，背肌与肩头上的压力有些变化，直觉有一点风浪，啊，出外海了。船是海之子，我们是船之子。海是摇篮轻轻地摇船是摇篮轻轻地摇着，我们的梦。这跟我第一次从美国乘船回台湾大不相同。那一次是将近半世纪前,乘的是货船,只有一万多吨,而越的是整个太平洋。全程风浪撼人,近日本时遭遇台风,我有诗为证:"看大台风煽动满海的波涛都叛变/练习在抛物线上走索且呕吐"。

出来外海,才真正告别了陆地,也才真正懂得:在我们的水陆大球上谁是庄家,而大洋占百分之七十一是什么意思。四望无岛无鸟无船空无一物,只有这浅蓝起伏之外,之下,是更多更深的蓝波蓝澜。什么坐标都没有,除了日月。但日月也在移动,不知是什么神力把这双魔球此起彼落,东抛而西接。视界的世界净化成三个圆,水平之圆仰对阴阳之双圆,构成几何学之美学。海上正闲,但是带去的几本书一本也没看,海,倒是看了又看。海之为书也深邃而神秘,风把波浪一页接一页直掀到天边,我读得十分入迷却读不透其主题。也许那主题太古老了几乎与造化同寿,能接通生命的起源历万劫千灾而迄今,但如何追溯回去历白垩纪,侏罗纪,直到奥妙的奥陶纪?太久了,我们早已经失忆。面对这一片汪洋浩渺的深蓝色隐喻,我们的潜意识蠢蠢不安,虽欲潜而不够深,不能像线锤一样直探到海底。鲸群之歌连声呐也未必能听懂。人鱼的传说也许是跨界的试探,可惜潜水艇探的是敌情而非人情。

在甲板上这样倚舷的想入非非,被姝婷上来传婆婆的话打断,说大家在下面的餐厅等我入席呢,今晚的盛宴要正式穿着。

五

赫巴德冰河等我们虽然已经好几百年,但我们直到第四天近午才得以觐见。船速慢了下来,迎面而来的浮冰越来越多,也越来越大,半透明的结晶通体浅蓝色,远望像一杯鸡尾酒,似乎叮当有声。终于满海都漂着冰了,小的不能再称为块,大的几乎可称为丘,或长或尖,或扁或凸,或不规则成奇形怪状。庄重的"无限号"更慢了,显然不愿做破冰船,为冰所破。迎面的冰风挟着细雨,雾气弥漫。甲板上挤满了人,都披上雨衣,拉起套帽,也有人打起了伞。船,极其缓慢地在转头。

薄雾后面隐隐约约似有一脉山岭横陈,高约二十多层楼,却似无峰头崛起,山壁绝峭,石颜上也似乎没有树木,只见一片浅陶土色,笼着一层不很确定的浅蓝带绿。再后面就没有山了,而这道怪石屏风的前面,凌乱堆陈着欲化不化的冰淇淋或奶昔(milk-shake)一类的尾食甜品。再近一些,啊,原来这就是天地之间,山海之间积雪成冰,拥冰自重,任太阳用烈焰千百年烤问而顽固如故坚不吐实的,割据阿拉斯加东南陡坡的,啊,冰川。这正是赫巴德冰川的峻颜冷面,削平的颅顶高三百英尺,其宽却横陈六英里。凭我们九万吨的巨舶岂敢一触眼前这亿兆吨的超级冰壁,早在半里路外就踟蹰不进,开始大转其弯了。再往前开就太险了,恐怕遭冰城炮轰,因为这凛凛的顽冰深处常有空气被囚在冷牢里,一闷就几十年几世纪,好不容易等到哪一个夏日,天气稍暖,冰锁稍懈,就会,啊,破狱而出,城破冰飞,不可收拾。

"爸爸,你听见嘶嘶声没有?"佩珊转头问我。

"我没听见。"我笑答。

"一爆开来,"她说,"重则如开炮,轻则如开汽水。书上说的。"

大家都笑了。好像是回应我们的轻佻,忽然从远处,不,是从莫名的深处,传来沉郁顿挫的闷雷,像要发又发不透彻的警讯,继而有重浊撞击的骚响，下坠不已。显然，量以吨计的晶体结构，在冰壁森严的某处失去了平衡，在颓然解体。该是一种反叛冷酷的解构主义吧。骇耳惶然，告诉骇目睁大了去找，却只闻噼里啪啦，找不到究竟在何处坍塌。

终于冰崩壁裂恢复了平衡，冷寂又恢复了秩序。大家一惊，一笑。笑声立刻被冰风吹熄。甲板上挤满了人和伞，此外只见海天漠漠，雨雾凄凄，听不见一声鸟鸣。三千海客，听不见人语喧闹。"无限号"如履薄冰，在敌阵中小心地转向。我们像是闯进了一颗外星，被陌生的地形威慑得噤声。笑声显得格格不入，亵渎了大冰帝国肃静的清规。除了脚下所踏的这艘高科技游轮之外，百里内找不到任何东西证明我们在人间。而这，就是此行最高的遁世之乐了。

六

不过拜冰之旅也不全是遁世自乐，而是站在更远处更古时来看我们这水陆大球。人类奢夸大陆，其实五大洲只是被海洋包围的几个超级大岛，当初泡在母怀的"洋水"里，像婴孩投胎一般，没有洋水，陆地就难活了。同样重要的是：全球的陆地被冰覆盖的面积占十分之一，有一个半中国那么大；而全球可饮的淡水有四分之三是藏在冰山、冰川、冰原里，三倍于所有的江河湖泊与大气中的水分。一旦大冰帝国崩溃，海洋就要涨潮，多少繁荣的港城水都被吞没，不知文明又要遭多久的浩劫。所以冰川长冻，不知为人类保全了多少水库，为洪水又设了多少巨闸。

一条冰川的身世颇为曲折。冰川的身份,简言之便是"潜移之冰"(ice in motion)。冰川的出身,是某一地区,特别是高寒的地区,降雪多过化雪。先是雪片凝成雪珠,积压多了便成雪饼,就是冰了。等到积重难挽,冰层底部抵不住引力,便顺着坡势下移,成为慢镜头的雪崩,慢者一日一寸,快者一日七尺。就这么,冰川会爬了,一面爬下坡去,一面势挟碎石与断岩,其量以百万吨计,辟出一道下山之路,志在入海。沿路的磐石磊磊就这么给推到两边,久之就塑出了峡江深谷。壮大的冰川潜移而不默化,很有耐性,终于抵达河口,却被造化拦下。几经海风吹拂,开始松软,再加海水侵蚀,领头的冰面就会崩落坠海,场面可观。据说霍普金斯冰川落冰之多,令人只敢在两英里外遥望冰崖。

赫巴德冰川背后的"靠山"都逼近海岸,高峻的飞峨威慑山(Fairweather Mountain)海拔四千六百六十三米,另一座魁岭(Crillon Mountain)也有三千八百七十九米。太平洋温和的西风被山势所阻,上升后遇到冷气凝缩,在海面便下雨;到山顶便下雪,一整个冬天会达一百英尺之多。到了夏天,内陆化雪,但在阿拉斯加东南这一带,太平洋的水汽湿润,沿岸仍然阴冷,年复一年,积雪永不化尽,乃累积成许多冰川。地理、气候与阿拉斯加相似的挪威、智利,也是山高近海,坡陡河急,难留重冰,成为冰川奇观的三大胜景。

七

回航途中,船泊朱诺港,亦即阿拉斯加的州府。我们意犹未尽,再去朝拜了一道冰川,名为满汀河。朱诺在十九世纪末淘金潮中盛极一时,如今仍为渔业、林业中心。镇上人口不到三万,辖区之广却超过三千平方英里,管的却不是人而是冰。不是几块冰而是一整片冰原(Juneau Ice Field),其面积依气候变化而定,大时达五千平方英里,为台湾的三分之一强,缩时也有一千五百平方英里,近于香港的四倍。气候暖化,那片冰原就因化冰而退缩。十三世纪到十八世纪,从冰原蠕蠕南移的满汀河远长于今日,但从一七七〇年迄今,这道冰川一直往高处退却。二十世纪二十年代,其"下游"露出了一个盆地,雪水注入,竟成一湖。今天隔着湖水,可以望见冰川的前端,学者称为"颜面"(face),宽达三英里,高二百英尺,曳着后面的身躯,长达十二英里,像一只无以名之又无以状之的史前怪兽,遍身白毛,正倒伏在长长的坡谷间,欲就湖饮水。

我们沿湖北行,走近诺吉特溪口,看急湍成瀑,白沫飞溅,嚣嚣注入湖中。那白毛巨兽却似未惊醒,仍斜伏在谷坡上做他的冷梦。两侧的斜坡上密覆蓊蓊郁郁的雨林,与了无动静的冰川对照成趣。下面的湖水冰清石静,对悠久的地质史并不感兴趣:她毕竟生于二十世纪,造化怀中还在做娇娇孙女,只顾着在她的妆镜中寻找云踪。

早来的游人已经回头去等车了。"无限号"规定八点半要开船,我们已经来不及乘直升机直接降在冰川上,再换钉鞋去走冰川,听脚下冰库、冰窖的深处,哪一个冬季在吹气或呻吟,咆哮或崩溃。但已经来不及了,"无限号"在朱诺的码头上,层层乳白的楼窗与阳台像凭空添加一整条亮丽的街屋,正等待我们回去,去继续拜冰之旅的余程。但高潮已经过去了。向望远镜筒再一次扫描,把白毛兽召来眼前:那不是白毛,而是一片一片如削如剥的鳞甲,淡青的鳞上蒙着一层赭灰,一片片,一瓣瓣,一波波,一直排列到谷顶,终被远坡遮住。向导说,那无穷无尽的皱褶,是因为冰川在下山时,下层的冰比较能屈能伸,而面上的一些较脆,挣扎之际,冰面就开裂成如此的刀雕图案。

我回头对千刀万剐的冰川再看一眼, 心中默祷:"坚持下去吧,坚守你高寒凛冽的冰城冰阵。切莫放水,切莫推波助澜,助长再一次洪水的声势。阿拉斯加大冰箱里,不能少你这一片冰场。"

二〇〇七年四月

失帽记

二〇〇八年的世界有不少重大的变化,其间有得有失。这一年我自己年届八十,其间也得失互见:得者不少,难以细表,失者不多,却有一件难过至今。我失去了一顶帽子。

一顶帽子值得那么难过吗?当然不值得,如果是一顶普通的帽子,甚至是高价的名牌。但是去年我失去的那顶,不幸失去的那一顶,绝不普通。

帅气、神气的帽子我戴过许多顶,头发白了稀了之后尤其喜欢戴帽。一顶帅帽遮羞之功,远超过假发。丘吉尔和戴高乐同为二战之英雄,但是戴高乐戴了高帽尤其英雄,所以戴高乐戴高帽而乐之,也所以我从未见过戴高乐不戴高帽。

戴高乐那顶高卢军帽丢过没有,我不得而知。我自己好不容易选得合头的几顶帅帽,却无一久留,全都不告而别。其中包括两顶苏格兰呢帽,一顶大概是掉在英国北境某餐厅,另一顶则应遗失在莫斯科某旅馆。还有第三顶是在加拿大维多利亚港的布恰花园所购，白底红字，状若戴高乐的圆筒鸭舌军帽而其筒较低，当日戴之招摇过市，风光了一时，后竟不明所终。

一个人一生最容易丢失也丢得最多的，该是帽与伞。其实伞也是一种帽子，虽然不戴在头上，毕竟也是为遮头而设，而两者所以易失，也都是为了主人要出门，所以终于和主人永诀，更都是因为同属身外之物，一旦离手离头，几次转身就给主人忘了。

帽子有关风流形象。独孤信出猎暮归，驰马入城，其帽微侧，吏人慕之，翌晨戴帽尽侧。千年之后，纳兰性德的词集亦称《侧帽》。孟嘉重九登高，风吹落帽，浑然不觉。桓温命孙盛作文嘲之，孟嘉也作文以答，传为佳话，更成登高典故。杜甫七律《九日蓝田崔氏庄》并有"羞将短发还吹帽，笑倩旁人为正冠"之句。他的《饮中八仙歌》更写饮者的狂态："张旭三杯草圣传，脱帽露顶王公前。"尽管如此，失帽却与风流无关，只和落拓有份。

去年十二月中旬，香港中文大学图书馆为我八秩庆生，举办了书刊手稿展览，并邀我重回沙田去签书、演讲。现场相当热闹，用媒体流行的说法，就是所谓人气颇旺。联合书院更编印了一册精美的场刊，图文并茂地呈现我香港时期十一年，在学府与文坛的各种活动，题名《香港相思——余光中的文学生命》，在现场送给观众。典礼由黄国彬教授代表文学院致词，除了联合书院冯国培院长、图书馆潘明珠副馆长、中文系陈雄根主任等主办人之外，与会者更包括了昔日的同事卢玮銮、张双庆、杨钟基等，令我深感温馨。放眼台下，昔日的高足如黄坤尧、黄秀莲、樊善标、何杏枫等，如今也已做了老师，各有成就，令人欣慰。

演讲的听众多为学生，由中学老师带领而来。讲毕照例要签书，为了促使长龙蠕动得较快，签名也必须加速。不过今日的粉丝不比往年,索签的要求高得多了:不但要你签书、签笔记本、签便条、签书包、签学生证,还要题上他的名字、他女友的名字,或者一句赠言,当然,日期也不能少。那些名字往往由索签人即兴口述,偏偏中文同音字最多。"什么 hui? 恩惠的惠吗?""不是的,是智慧的慧。""也不是,是恩惠的惠加草字头。"乱军之中,常常被这么乱喊口令。不仅如此,一粉丝在桌前索签,另一粉丝却在你椅后催你抬头、停签、对准众多相机里的某一镜头,与他合影。笑容尚未收起,而夹缝之中又有第三只手伸来,要你放下一切,跟他"交手"。

这时你必须全神贯注,以免出错。你的手上,忽然是握着自己的笔,忽然是他人递过来的,所以常会掉笔。你想喝茶,却鞭长莫及。你想脱衣,却匀不出手。你内急已久,早应泄洪,却不容你抽身疾退。这时,你真难身外分身,来护笔、护表、护稿、扶杯。主办人焦待于旋涡之外,不知该纵容或喝止炒热了的粉丝。

去年底在中文大学演讲的那一次,听众之盛况不能算怎么拥挤,但也足以令我穷于应付,心神难专。等到曲终人散,又急于赶赴晚宴,不遑检视手提包及背袋,代提的主人又穿梭不息,始终无法定神查看。餐后走到户外,准备上车,天寒风起,需要戴帽,连忙逐袋寻找。这才发现,我的帽子不见了。

事后几位主人回去现场,又向接送的车中寻找,都不见帽子踪影。我存和我,夫妻俩像侦探,合力苦思,最后确见那帽子是在何时、何地,所以应该排除在某地、某时失去的可能,诸如此类过程。机场话别时,我仍不放心,还谆谆嘱咐潘明珠、樊善标,如果寻获,务必寄回高雄给我。半个月后,他们把我因"积重难返"而留下的奖牌、赠书、礼品等等寄到台湾。包裹层层解开,真相揭晓,那顶可怜的帽子,终于是丢定了。

仅仅为了一顶帽子,无论有多贵或是多罕见,本来也不会令我如此大惊小怪。但是那顶帽子不是我买来的,也不是他人送的,而是我身为人子继承得来的。那是我父亲生前戴过的,后来成了他身后的遗物,我存整理所发现,不忍径弃,就说动我且戴起来。果然正合我头,而且款式潇洒,毛色可亲,就一直戴下去了。

那顶帽子呈扁楔形,前低后高,戴在头上,由后脑斜压向前额,有优雅的缓缓坡度,大致上可称贝雷软帽(beret),常覆在法国人头顶。至于毛色,则圆顶部分呈浅陶土色,看来温暖体贴。四周部分则前窄后宽,织成细密的十字花纹,为淡米黄色。戴在我的头上,倜傥风流,有欧洲名士的超逸,不只一次赢得研究所女弟子的青睐。但帽内的乾坤,只有我自知冷暖,天气愈寒,尤其风大,帽内就愈加温暖,仿佛父亲的手掌正护在我头上,掌心对着脑门。毕竟,同样的这一顶温暖曾经覆盖过父亲,如今移爱到我的头上,恩佑两代,不愧是父子相传的忠厚家臣。

回顾自己的前半生,有幸集双亲之爱,才有今日之我。当年父亲爱我,应该不逊于母亲。但小时我不常在他身边,始终呵护着我庇佑着我的,甚至在抗战沦陷区逃难,生死同命的,是母亲。呵护之亲,操作之劳,用心之苦,凡她力之所及,哪一件没有为我做过? 反之,记忆中父亲从来没打过我,甚至也从未对我疾言厉色,所以绝非什么严父。不过父子之间始终也不亲热。小时他倒是常对我讲论圣贤之道,勉励我要立志立功。长夏的蝉声里,倒是有好几次父子俩坐在一起看书:他靠在躺椅上看《纲鉴易知录》,我坐在小竹凳上看《三国演义》。冬夜的桐油灯下,他更多次为我启蒙,苦口婆心引领我进入古文的世界,点醒了我的汉魄唐魂。张良啦,魏徵啦,太史公啦,韩愈啦,都是他介绍我初识的。

后来做父亲的渐渐老了,做儿子的越长大了,各忙各的。他宦游在外,或是长期出差数下南洋,或担任同乡会理事长,投入乡情侨务;我则学府文坛,烛烧两头,不但三度旅美,而且十年居港,父子交集不多。自中年起他就因关节病苦于脚痛,时发时歇,晚年更因青光眼近于失明。二十三年前,我接中山大学之聘,由香港来高雄定居。我存即毅然卖掉台北的故居,把我的父亲、她的母亲一起接来高雄安顿。

许多年来,父亲的病情与日常起居,幸有我存悉心照顾,并得我岳母操劳陪伴。身为他的独子,我却未能经常省视侍疾,想到五十年前在台大医院的加护病房,母亲临终时的泪眼,谆谆叮嘱:"爸爸你要好好照顾。"实在愧疚无已。父亲和母亲鹣鲽情深,是我前半生的幸福所赖。只记得他们大吵过一次,却几乎不曾小吵。母亲逝于五十三岁,长她十岁的父亲,尽管亲友屡来劝婚,却终不再娶,鳏夫的寂寞守了三十四年,享年,还是忍年,九十七岁。

可怜的老人,以风烛之年独承失明与痛风之苦,又不能看报看电视以遣忧,只有一架古董收音机喋喋为伴。暗淡的孤寂中,他能想些什么呢?除了亡妻和历历的或是渺渺的往事。除了独子为什么不常在身边。而即使在身边时,也从未陪他久聊一会,更从未握他的手或紧紧拥抱住他的病躯。更别提四个可爱的孙女,都长大了吧,但除了幼珊之外,又能听得见谁的声音?

长寿的代价,是沧桑。

所以在遗物之中竟还保有他常戴的帽子,无异是继承了最重要的遗产。父亲在世,我对他爱得不够,而孺慕耿耿也始终未能充分表达。想必他深心一定感到遗憾，而自他去后，我遗憾更多。幸而还留下这么一顶帽子，未随碑石俱冷，尚有余温，让我戴上，幻觉未尽的父子之情，并未告终，幻觉依靠这灵媒之介，犹可贯通阴阳，串联两代，一时还不致径将上一个戴帽人完全淡忘。这一份与父共帽的心情，说得高些，是感恩，说得重些，是赎罪。不幸，连最后的这一点凭借竟也都失去，令人悔恨。

寒流来时，风势助威，我站在岁末的风中，倍加畏冷。对不起，父亲。对不起，母亲。

二〇〇九年四月

雁山瓯水

一

去年年底，温州市龙湾区的文联为成立十周年纪念邀请我去访问。正值隆冬，尽管地球正患暖化，但大陆各地却冷得失常。温州虽在江南之南，却并不很温，常会降到十摄氏度以下。高雄的朋友都不赞成，说太冷了，何必这时候去。结果我还是去了，因为一幅瓯绣正挂在我家的壁上，绣的是我自书的《乡愁》一诗，颇能逼真我的手稿。更因为温州古称永嘉，常令人联想到古代的名士，例如山水诗鼻祖谢灵运，就做过永嘉太守；又如王十朋、叶适、高明，当然还有号称"永嘉四灵"的徐照、徐玑、翁卷、赵师秀，都是永嘉人。更因温州还一再出现在有名的游记和题诗之中，作者包括沈括、徐霞客、袁枚、王思任、康有为、潘天寿、张大千。

天公也很作美。一月十一日和我存、季珊母女抵达温州的永强机场，刚刚下过冷雨，迎面一片阴寒，至少比高雄骤低十摄氏度。接机的主人说，近日的天气一直如此。但是从第二天起，一直到十八日我们离开,却都冬阳高照,晴冷之中洋溢着暖意,真不愧为温州。我们走后次日,竟又下起雨来,实在幸运。不仅如此,十五日黄昏我们还巧睹了日食。

另一幸事则是,在我演讲之后,导游原本安排是先去北雁荡,再去南雁荡,但为摆脱媒体紧跟,临时改为先去南雁荡。原先的"反高潮"倒过来,变成"顺高潮",终于渐入佳境。

二

雁荡山是一个笼统的名词,其实包括北雁荡、中雁荡、南雁荡,从温州市所辖的乐清市北境一路向西南蟠蜿,直到平阳县西境,延伸了一百二十多公里。它也可以专指北雁荡山,因为北雁荡"开辟"最久,题咏最多,游客也最热衷。

我们先去拜山的,是南雁荡。入了平阳县境,往西进发,最后在路边一家"农家小院美食村"午餐。从楼上回栏尽头,赫然已见突兀的山颜石貌,头角峥嵘地顶住西天。情况显然有异了。不再是谦逊的缓缓起伏,而是有意地拔起,崛起。

在粗砾横陈的沙滩上待渡片刻,大家颤巍巍地分批上了长竹筏,由渡夫撑着竹篙送到对岸。仰对玉屏峰高傲的轮廓,想必不轻易让人过关,我们不禁深深吐纳,把巉岩峻坡交给有限的肺活量去应付。同来的主人似乎猜到吾意,含蓄地说,上面是有一险处叫"云关"。

三个台客,却有九个主人陪同:他们是浙江大学骆寒超教授与夫人,作家叶坪,文联的女作家杨旸、董秀红、翁美玲,摄影记者江国荣、余日迁,还有导游吴玲珍。后面六位都是温州的金童玉女,深恐长者登高失足,一路不断争来搀扶,有时更左右掖助,偶尔还在险处将我们"架空",几乎不让我们自逞"健步"。就这么"三人行,必有二人防焉",一行人攀上了洞景区。

雁荡山的身世历经火劫与水劫,可以追溯到两亿三千万年前。先是火山爆发,然后崩陷、复活、再隆起,终于呈现今日所见的叠嶂、方山、石门、柱峰、岩洞、天桥与峡谷,地质上称为"白垩纪流纹质破火山"。另一方面,此一山系位于东南沿海,承受了浙江省最丰沛的雨量,尤其是夏季的台风,所以火劫亿载之后又有流水急湍来刻画,形成了生动的飞瀑流泉和一汪汪的清潭。

我们一路攀坡穿洞,早过了山麓的村舍、菜圃、浅溪、枯涧。隔着时稀时密的杉柏与枫林,山颜石貌蚀刻可观,陡峭的山坡甚至绝壁,露出大斧劈、小斧劈的皴法,但山顶却常见黛绿掩蔽,又变成雨点皴法了。有些山颜石纹没有那么刚正平削,皴得又浅又密,就很像传统的披麻皴。这种种肌理,不知塞尚见了会有什么启发?

除非转弯太急或太陡,脚下的青石板级都平直宽坦,并不难登。南雁荡海拔一千二百五十七米,不算很高,但峰峦回旋之势,景随步移,变幻多端,仍令人仰瞻俯瞰,一瞥难尽其妙。云关过了是仙姑洞,忽闻铁石交叩,铿铿有声。原来是骡队自天而降,瘦蹄嘚嘚,一共七匹,就在我们身边转弯路过,背篓里全是累累的石块。骡子的眼睛狭长而温驯,我每次见到都会心动,但那天所见的几匹,长颈上的鬃毛全是白色,倒没见过。

骡队过后,见有一位算命的手相师在坡道转角设有摊位,众人便怂恿我不妨一试,并且围过来听他有何说法。那手相师向我摊开的掌心,诠释我的什么生命线啦,事业线啦,感情线啦都如何如何,大概都是拣正面的说,而结论是我会长寿云云。众人都笑了,我更笑说:"我已经长寿了。"众人意犹未尽,问他可看得出我是何许人物。他含糊以答:"位阶应该不低。"众人大笑。我告诉大家,有一次在北京故宫,一位公安曾叫我"老同志",还有一次在乡下,有个村妇叫我"老领导"。

过了九曲岭,曲折的木栏一路引我们上坡,直到西洞。岩貌高古突兀,以丑为美,反怪为奇,九仞悬崖勾结上发发绝壁,搭成一道不规则的竖桥,只许透进挤扁的天光,叫做洞天,是天机么,还是危机? 我们步步为营,跨着碇步过溪。隆冬水浅,却清澈流畅。不料刚才的骡队又迎面而来,这次不再是在陡坡上,而是在平地的溪边,却是一条杂石窄径。骡子两侧都驮着石袋,众人仓皇闪避,一时大乱,美玲和秀红等要紧贴岩壁才得幸免。

终于出得山来,再度登筏回渡,日色已斜。砾滩满是卵石,水光诱人,我忍不住,便捡了一块,俯身作势,漂起水花来。众人纷纷加入,捡到够扁的卵石,就供我挥旋。可惜石块虽多,真够扁圆的却难找。我努力投石问路,只能激起三两浪花。其他人童心未泯,也来竞投,但顽石不肯点头,寒水也吝于展笑。扫兴之余,众人匆匆上车,向两个半小时车程终点的北雁荡山火速驶去。

三

当晚投宿响岭头的银鹰山庄。抵达时已近七点,匆匆晚餐过后,导游小吴便迫不及待带我们去灵峰窥探有名的夜景。气温降得很快,幸好无风,但可以感觉,温度当在近零摄氏度的低个位数。我存和我都戴了帽子,穿上大衣,我裹的还是羽毛厚装,并加上围巾,益以口罩。暖气从口罩内呼出,和寒气在眼镜片上相遇,变成碍眼的雾气。前后虽有两支手电筒交叉照路,仍然看不分明,只好踉跄而行。

终于摸索到别有洞天的奇峰怪岩之间,反衬在尚未暗透的夜色之上,小吴为我们指点四周峰头的暧昧轮廓、巧合形态,说那是情侣相拥,这是犀牛望月,那是双乳倒悬,这是牛背牧童,而势如压顶的危岩则是雄鹰展翅。大家仰窥得颈肩酸痛,恍惚迷离,像是在集体梦游。忽然我直觉,透过杉丛的叶隙,有什么东西在更高更远处,以神秘的灿烂似乎在向我们打暗号,不,亮号。这时整个灵峰园区万籁岑寂,地面的光害几乎零度,只有远处的观音洞狭缝里,欲含欲吐,氤氲着一线微红。但是浩瀚的夜空被四围的近峰远嶂遮去了大半,要观星象只能伸颈仰面,向当顶的天心,而且是树影疏处,去决眦辨认。哪,东南方仰度七十附近,三星朗朗由上而下等距地排列,正是星空不移的纵标,猎户座易认的腰带。"你们的目光要投向更高处。"我回头招呼望石生情、编织故事的小吴和她的听众,并为她们指点希腊人编织的更加古老的故事,也是古代天文学家和船长海客的传说。"猎户的腰带找到了吧?对,就是那三颗的一排。再向左看,那颗很亮丽的,像红宝石,叫 Betelgeuse,我们的星宿叫参宿四。腰带右侧,跟参宿四等距拱卫腰带两侧的,那颗淡蓝的亮星,希腊人叫 Rigel,我们的祖先叫参宿七。腰带右下方,你们看,又有一排等距的三颗星,是猎户斜佩的剑,剑端顺方向延长五倍距离,就是夜空最明亮的恒星了——正是天狼星。这些星象是亘古不变的——孔子所见是如此,徐霞客所见也如此。"

四

次晨又是无憾的响晴天,令人振奋。越过鳞鳞灰瓦的屋顶,巍巍两山的缺口处,一炉火旺旺的红霞托出了金灿灿的日轮,好像雁荡山神在隆重欢迎我们。下得楼去,户外的庭院像笼在一张毛茸茸泛白的巨网里,心知有异。美玲、杨旸、秀红等兴奋地告诉我存和季珊,昨夜下了霜。难怪草叶面上密密麻麻都铺满了冰晶。跟昨夜的繁星一般,这景象我们在台湾,尤其久困在城市,已经多年未见了。

雁荡山的地势变化多姿,隔世绝尘,自成福地仙境,远观只见奇峰连嶂,难窥其深,近玩却又曲折幽邃,景随步转,难尽全貌。正如苏轼所叹,不识真面目,只缘在山中。难怪徐霞客也叹道:"欲穷雁荡之胜,非飞仙不能。"古今题咏记游之作多达五千篇以上,仍以《徐霞客游记》给人的印象最深。徐霞客曾三次登上雁荡山,首次是在明代万历四十一年(一六一三年),当时才二十八岁。大家最熟悉的他的《游雁荡山日记》常见于古今文选,就是那年四月初九所记。

我们是从钟鼓二岩之间向西北行,进入灵岩景区的。到双珠谷附近,就被徐霞客的白石雕像吸引,停了下来。当然是徐霞客,雁荡山道由他来领路,再适当不过。像高约三米,右手挟着长髯,面带笑意,眼神投向远方,在峰岭之间徘徊,又像入神,又像出神。柳宗元所说的"心凝形释,与万化冥合",正是这种境界。徐霞客逝于五十五岁,雕像看起来却太老了。他去世后才三年,明朝就亡了,幸而未遭亡国之痛。他未能像史可法一样以死报国,但是明朝失去的江山却保存在他的游记里,那么壮丽动人,依然是永恒的华山夏水,真应了杜甫的诗句:"国破山河在"。

沿着展旗峰蔽天的连嶂北行,景随位移,应接不暇,浅窄的眼眶,纤弱的睫毛,怎么承得起那么磅礴的山势,容得下那么迤逦的去脉来龙?到了南天门,拔地而起的天柱峰逼人左颊,似乎要抢展旗峰的霸权,比一比谁更夺目。岩石帝国一尊尊一座座高傲的重镇,将我们重重围住,用峭壁和危崖眈眈俯瞰着我们。

幸好有一座千年古刹,高门楣顶悬着黑底金字的横匾,"灵岩禅寺",背负着屏霞峰,面对着峙立争高的天柱峰与展旗峰,而庭前散布的茶座正好让我们歇下来,在茶香冉冉中仰观"雁荡飞渡"的表演。

顺着茶客一齐眺望的方向,我发现一个红点在天柱峰顶蠕动。三四分钟后他已经荡落到山腰,原来是用两条长索系腰,不断调整,并且荡索蹬岩,一路缒下绝壁来的。然后又发现他上身着红衫,下身却着黑裤。终于缒到山脚了,赢得一阵掌声。

小吴说,这功夫是古代的农夫上山采药练出来的。雁荡山产的石斛乃名贵草药,偏偏生在岌岌的险处,采药人被迫冒险犯难,只好千钧一发,委身长绳,学飞檐走壁的蜘蛛。

话未说完,茶客又转过头来,仰对南天门的虚空。这才发现,所谓南天门的两根参天巨柱——天柱峰顶与展旗峰顶——之间,竟有一痕细丝牵连。原来已有一个人影倒悬在钢索上,四肢并用地正在攀缘南天门楣,或起立,或前进,或仰卧,或跳跃,或翻筋斗。突然那身影失足倒栽了下来。说时迟那时快,他其实并未离索,只是用双脚倒扣住绳索。观众惊呼声定,他已抵达半途,正把树叶纷纷撒下。最后他一扬旗用碎步奔抵展旗峰顶。

顶礼过南海观音,大家又绕到寺后去看方竹。竹笋初生,竿呈圆锥形,长成后竟变四方形,墨绿色泽非常古雅,节头有小刺枝,像是塔层。季珊就近一手握竹一手拍照,可见其枝亭亭挺立,只比她的手指稍粗。我要她们母女多多摄影,备日后游记之用。四百年前徐霞客早在日记中如此记载:"十五日,寺后觅方竹数握,细如枝。林中新条,大可径寸,柔不中杖,老柯斩伐殆尽矣!"他当日所见,是能仁寺中方竹,离灵岩寺不过十里。我握着"径寸"的一截黛绿,幻觉是在和徐霞客握手。有竹为证,我怎能不继他之后,续一篇雁荡游记呢?

沿着灵岩寺旁的石径右转登山,不久便入了小龙湫溪谷,到了湫脚。不出所料,落差六十米的瀑址只有细股涓涓在虚应故事。只有层层岩脉,重重山峦,将一片岑寂围在中间。应该是理想的回声谷吧,我不禁半合双掌于两颊,形成喇叭,突发阮籍之长啸。想必惊动了静定已久的神灵,一时山鸣谷应,余韵不绝。没料到最好的音响效果便是造化,这一声楚狂、晋狂的长啸激起了同游的豪兴,大家纷纷也来参加,简直成了竹林七贤。日迁说,曾经听我在演讲时吟过古诗,要我即吟一首。我便朗吟起苏轼的《念奴娇》来。大家听到"一时多少豪杰",一起拍手,我乘兴续吟"遥想公瑾当年……"把下半阕也吟完,效果居然不错。近年我发音低哑,无复壮岁金石之声,不免受挫。也许是昨夜睡熟,天气晴爽,又饱吸了山中的芬多精,有点脱胎换骨,更因为初入名山,受了徐霞客的感召,总之那天的长啸朗吟竟然恢复了沛然的元气,顿觉亲近了古人,回归了造化。继我之后,叶坪也即兴吟了一首七绝欢迎我来温州，又朗诵了骆夫人四十年前写给丈夫的一首新月体情诗，引来再惊空山的掌声。

雁荡山开山凿胜，始于南北朝而盛于唐宋。东晋的谢灵运曾任永嘉太守，他癖在游历，又出身豪门，僮奴既众，门生亦夥，出门探胜寻幽，往往伐木开径，惊动官府。不过当时他游屐所及，多在中雁荡山，而北雁荡山之洞天福地还深藏未通。雁荡诸山在远古火山爆发后由酸性岩浆堆积而成，其后又历经流水侵蚀而呈今貌。北宋的科学家沈括早已指出："予观雁荡诸峰，皆峭拔险怪，上耸千尺，穹崖巨谷，不类他山，皆包在诸谷中。自岭外观之，都无所见，至谷中则森然干霄。原其理，当时为谷中大水冲激，沙土尽去，唯巨石巍然挺立耳。如大小龙湫……之类，皆是植土龛岩，亦此类耳。"直到二〇〇五年，联合国才将此山评选为"世界地质公园"。是以今日游客朝山，已得现代建设之便，远非当年徐霞客历险苦攀能比。

从小龙湫的下面可以搭乘电梯直上五十米出来，就接上贴着绝壁的铁栏栈道，下临幽深的卧龙谷，可以指认小龙湫的源头。我攀上栏杆俯窥深谷，害同游的主人们吓了一跳。

下午我们就径去大龙湫，明知隆冬不能奢求水旺，也要去瞻仰那一跃一百九十七米的坠势。先是经过所谓剪刀峰，想象步移景换，变成玉兰花、啄木鸟、熊岩、桅杆峰、一帆峰等等的幻象。终于抵达飞瀑注成的寒潭，只见一泓清浅，水光粼粼，可撑长筏。徐霞客第一次来时，正值初夏，"积雨之后，怒涛倾注，变幻极势，轰雷喷雪，大倍于昨"。但此刻，崖顶水势不大，落姿舒缓，先还成股，到了半途，就散成了白烟轻雾，全不负责，要等临到落地之前，才收拾拢来，洒出一阵纤纤雨脚，仍然能令冒雨戏水的季珊和陪伴的女孩子们兴奋尖叫。这镜头，咔嚓之间，全被国荣和日迁快手捉住。我避过瀑脚，施展壁虎功贴着瀑壁的深穴游走，直到路尽才停。日迁也跟下来。不料瀑布鼓动的险风阵阵也贴着穴壁袭来。我戴了毛线红帽，裹着厚实羽衣，仍不胜其瑟缩。

峰高嶂连，虽然是大晴天，暮色仍来得很快。整座湫谷一时只留下我们的跫音，此外万籁都歇。过了伏虎峰，我们一路踏着石径南行，只见千佛山并列的峰头接成迤逦不断的连嶂，屏于东天。晴艳的落照反映在炱炱的绝壁上，十分壮观，把我们的左颊都烘得暖融融的，那排场，好像雁荡山脉在列队说再见。

五

雁荡山有"海上名山"、"寰中绝胜"、"天下奇秀"之誉，号称"东南第一山"。从北雁荡、中雁荡、西雁荡到南雁荡，盘盘囷囷，郁郁磊磊，这一整座龙脉世家，嵯峨帝国，拱卫了昔日的永嘉，今日的温州，只开放东海之岸，让瓯江浩荡出海。只就北雁荡山而言，山水之错综复杂，景象之变幻无限，就已令古人题咏再三，犹叹其妙难穷。但是在一切旅游图册中，从未见提到晚明的王思任（一五七四年——一六四六年），实在可惜。此人也许不是徐霞客那样的大旅行家，但游兴之高，游记之妙，绝对也是古今罕见。他的文笔汪洋恣肆，匪夷所思，感兴之强烈，即使放在现代散文里，也可夸独特。在《小洋》一文中，他极言山高石密，溪流曲折，有"天为山欺，水求石放"之句。他的长文《雁荡山记》如此开篇：

雁荡山是造化小儿时所作者，事事俱糖担中物，不然，则盘古前失存姓氏，大人家劫灰未尽之花园耳。山故怪石供，有紧无要，有文无理，有骨无肉，有筋无脉，有体无衣，俱出堆累雕鏊之手。落海水不过二条，穿锁结织，如注锡流觞，去来袅脚下。昔西域罗汉诺拒那居震旦大海际，僧贯休作赞，有"雁荡经行云漠漠，龙湫宴坐雨濛濛"之语。至宋时构宫伐木。或行四十里，至山顶，见一大池，群雁家焉，遂以此传播。谢康乐称山水癖，守永嘉，绝不知有雁荡。沈存中以为当时陵谷土蔽，未经洗发。

第一句就很有趣，说此山是大地小时候的玩具，山中每一景都是捏面人所挑糖担子卖的糖制人物；不然就是开天辟地以前无以名之的巨人族，浩劫之前花园中的盆景之类。这两个比喻，前者以小喻大，后者以大喻小，奇想直追《格列佛游记》。"劫灰"一词尤其暗合雁荡山火山地质的身世。"落海水"一句应指余脉入海，形成外岛与港湾。"见一大池"句释雁荡山名由来。"康乐"指谢灵运封号。"存中"是沈括的字。王思任这篇游记，长三千八百余字，为古来罕见，至于想象之生动，文采之倜傥，更是可惊。直到文末，作者意犹未尽，又夸此山："吾观灵峰之洞，白云之寨，即穷李思训数月之思，恐不能貌其胜。然非云而胡以胜也？云壮为雨，雨壮为瀑，酌水知源，助龙湫大观。他时无此洪沛力者，伊谁之臂哉。"隆冬入山，山犹此石，但水势不盛，瀑布溪涧的壮观，只能求之于古人的记游。我的温州主人们安慰我：夏天可以再来。

我对温州的年轻游伴们说：温州之名，在台湾绝不陌生，台北市南区的不少街道，久以温州及其所辖的县市命名，其中包括瑞安街和泰顺街。我有不少文坛、学府的朋友,都住在温州街的长巷岔弄。他如青田、丽水、龙泉、永康等街,也都取之于温州的近邻。至于散文大家琦君,名播两岸,更是温州自豪的乡亲。

温州人好客,美味的馄饨常温客肠。我为他们的文联盛会演讲,又去当地闻名的越秀中学访问。他们带我和我存母女先后参观了永昌堡、发绣、瓯绣、瓯塑。我特别向瓯绣的"省级大师"林缇致意,感谢她把我《乡愁》一诗的手迹刺成瓯绣。有一天他们特地带我去参观谢灵运遗址"池上楼",凭吊"池塘生春草,园柳变鸣禽"的千古名句,并承"博雅茶坊"主人伉俪接待,得以遍赏白糖双炊糕、灯盏糕、芙蓉糖、冻米糖之类的名点。

六

一月十五日,不拜山了,改去朝海。四十多座岛屿组成的洞头县,浮列在东海上等待我们。七座的休旅车上了"灵霓北堤",车头朝向东南,以高速驶过茫茫的海面,一边与海争地,要填来扩充市区,一边插竿牵网,培育螺蛤之类,养殖海产。没料到海阔堤长,过了霓屿和状元坳,跨越了许多桥后,才抵达洞头岛。当地县政府的邱顾问带我们一行攀上陡峭的仙叠岩,俯眺东海。在苍茫的暮霭中,他向南指指点点,说对面近海的一脉长屿也叫"半屏山",那方向正遥对台湾,"像和你们高雄的半屏山隔海呼应"。又说洞头县民会讲闽南话,原是福建的移民。此时岩高风急,浊浪连天,令人不胜天涯海角、岁末暮年之感。指顾之间,夕照已烘起晚霞,主人说不早了,便带大家回车,准备去市内晚餐。车随坡转，我恋恋回顾酣熟的落日，才一瞬间，咦，怎么日轮满满竟变成了月钩弯弯，缺了三分之二，唯有金辉不改。惊疑间，过了五秒钟才回过神来。"是日食！快停车！"大家一齐回头，都看见了，一时嗟叹连连，议论纷纷。这才想起，温州的报上已经有预告，说今天下午四点三十七分日环食会从云南瑞丽开始，而于四点五十九分在胶东半岛结束，至于大陆其他地区，则只能见到日偏食，甚至所谓"带食日落"。果然，在我们的车窗外，越过掩映的丛丛芦苇，几分钟后，那艳金带红的"日钩"就坠入暮色苍茫里去了。想此刻，月球上不管是神或是人，一定也眺见地球的"地食"了吧？

温州简称瓯，瓯江即由此入海。河口有大小三岛，最里面的最小，叫江心屿，隔水南望鹿城市区，北邻永嘉县界。王思任的游记《孤屿》说："九斗山之城北，有江枕曰孤屿，谢康乐所朝夕也。屿去城百楫，东西两山贯耳，海潭注其间，故于山名孤屿，而于水又名中川。"临别温州前一日，伴我和妻女共登雁荡的主人，加上文联的曹凌云主席，又伴我们游岛。

天气依然晴艳，像维持了七日的奇迹。码头待渡，我们的眼神早已飞越寒潮，一遍遍扫掠过岛上的地势与塔影。最夺目的是左右遥对的东塔、西塔。左边的西塔就像常见的七层浮屠，但是东塔，咦，怎么顶上不尖，反而鼓鼓的有一圈黑影？日迁、国荣、美玲一伙七嘴八舌，争相解释，说那是早年英国人在塔旁建领事馆，嫌塔顶鸟群聒噪，竟把塔顶毁掉，不料仍有飞鸟衔来种子，结果断垣颓壁中却长出一棵榕树，成了一座怪塔。

登上江心屿，首先便攀上石级斜坡，去探东塔虚实。果然是座空塔，一眼就望穿了，幻觉古树老根，有一半是蟠在虚空。江心孤屿,老树还真不少。南岸有一棵,不,应该说一座老榕树,不但主干上分出许多巨柯,每一柯都霜皮铜骨,槎桠轮囷,可以独当一面,蔽荫半空,即连主干本身也不容三五人合抱,还攀附着粗比巨蟒的交错根条。园方特别在其四周架设铁栏围护。如果树而能言,则风翻树叶当如翻书页,该诉说南北朝以来有多少沧桑,诉说谢灵运、李白、杜甫,以迄文天祥如何在其浓荫下走过。园中还有棵香樟,主干已半仆在地上,根也裸露出半截,却不碍其抽枝发叶,历经千春。其侧特立木牌,说明估计高寿已逾一千三百年。

游园时另有一番惊喜,不,惊艳,真正的惊艳,因为她依偎在墙角,毫不招展弄姿,所以远见浑然不觉,要到近处才蓦然醒悟,是蜡梅! 树身只高人三两尺,花发节上,相依颇密,排列三层,内层赪赪深紫,中层浅黄,外层辐射成鳞片,作椭圆形。傲对霜雪,愈冷愈艳,真是别树一帜的绝色佳人。我存凑近去细嗅,季珊近距去摄影。我也跟过去一亲芳泽,啊,何其矜持而又高贵,只淡淡地却又自给自足地轻放幽香。那香,轻易就俘虏了所有的鼻子与心。同游有人要我唱《乡愁四韵》,更有人低哼了起来。

岛上古迹很多,除江心寺外,尚有文信国公祠、浩然楼、谢公亭、澄鲜阁等。江心寺壁上有不少题词,王思任《孤屿》文中述及:"方丈中留高宗手书'清辉'二字,懦夫乃有力笔。"我对文天祥祠最是低回,在他青袍坐姿的塑像前悲痛沉思,鞠躬而退。祠中凭吊忠臣的诗文不少, 我印象最深的是乾隆年间秦瀛所写七律中的两联:"南渡山川余一旅,中原天地识三仁。誓登祖逖江边楫。愤激田横岛上人。"

谢灵运公认为山水诗起源,所咏山水如《登池上楼》、《游南亭》、《游赤石进帆海》、《晚出西射堂》等，多在温州一带；至于《登江中孤屿》一诗，描写的正是江心屿。但这些山水诗中，记游写景的分量不多，用典与议论却相杂，则不免病"隔"。因此像"孤屿媚中川，云日相辉映，空水共澄鲜"之句，已经难得。我常觉得，中国水墨画中对朝暾晚霞，水光潋滟，往往无能为力；西方风景画如印象派，反而要向中国古典诗中去寻求。

二〇一〇年二月

第二辑　知性散文

没有人是一个岛

——想起了痖弦的《一九八〇年》

二十三年以前，一位才华初发的青年诗人，向往未来与远方，写了一首乌托邦式的成人童话诗，设想美妙，传诵一时。那首诗叫做《一九八〇年》，作者痖弦，当时只有二十五岁。诗的前两段是这样的：

老太阳从蓖麻树上漏下来，
那时将是一九八〇年。

我们将有一座
费一个春天造成的小木屋，
而且有着童话般红色的顶
而且四周是草坡，牛儿在啮草
而且，在澳洲。

　　当时的戏言,今朝已来到眼前,这已是一九八〇年了。不知怎的,近来时常想起痖弦的这首少作。二十多年来,台湾变了很多,世界整个变了,连诗人向往的澳洲也变了不少。痖弦,并没有移民去澳洲,将来显然也不会南迁。这些年来,他去过美国、欧洲、印度、南洋,却始终未去澳洲。

　　倒是我,去过澳洲两个月,彼邦的大城都游历过,至于草坡上的红顶小屋,也似乎见过一些。八年前的今天,我正在悉尼。如果二十五岁的痖弦突然出现在眼前,问我那地方到底如何,我会说:"当然很好,不但袋鼠母子和宝宝熊都很好玩,连二次大战都似乎隔得很远。不但如此,台北盆地正热得要命,还要分区节水,那里却正是清凉世界,企鹅绅士们都穿得衣冠楚楚,在出席海滨大会。不过,如果我是你,就不会急着搬去那里,宁可留在台湾。"

　　一人之梦,他人之魇。少年痖弦心中的那片乐土,在"澳厮"(Aussie)们自己看来,却没有那么美好。远来的和尚会念经,远方的经也似乎好念些,其实家家的经都不好念。

　　澳洲并不全是草地,反之,浩阔的内陆尽是沙漠,又干又热,一无可观。我在沙漠的中心爱丽丝泉,曾经住过一夜。那小镇只有一条街,从这头踱到那头,不过一盏茶的工夫,树影稀疏的街口,外面只有一条灰白的车路,没向万古的荒沙之中。南北两边的海岸,都在一千公里以外,最近的大都市更远达一千五百公里,真是遁世的僻乡了。只是到了夜里,人籁寂寂,天籁齐歇,像躺在一只坏了的钟里,横听竖听,都没有声音。要不是袋里还有张回程的机票,真难相信我还能生还文明。

　　澳洲的名诗人,我几乎都见过了,侯普(A.D.Hope)赠我的书中,第一首诗便是他的名作《澳大利亚》,劈头第一句便诅咒他的乡土,说它是一片"心死"的大陆,令我大为惊颤。澳洲的大学招不足学生,一来人口原就稀少,二来中学毕业就能轻易找到工作。大学教授向我埋怨,说一个月的薪水,百分之四十几都纳了税。悉尼的街头也有不少盗匪,夜行人仍要小心。堪培拉公园里,有新几内亚的土人扎营守坐,作独立运动之示威,令陪我走过的澳洲朋友感到尴尬。东北岸外,法国人正在新加里多尼亚岛附近试验核爆,令澳洲青年愤怒示威。谁说南半球见不到蕈状云呢?

如果还有谁对那片"乐土"抱有幻想,他不妨去看看澳洲自制的连续剧《女囚犯》。这一套电视片长达三十集,主要的场景是澳洲一座专关女囚犯的监狱。一个个女犯人的故事,当初如何犯法,如何入狱,后来如何服刑,如何上诉,又如何冤情大白,获释出去,都有生动明快的描写。当然女犯人的结局,不都是欢天喜地走出狱门。也有不幸的一群,或死在牢里,或放出去后不见容于社会,反觉天地为窄而牢狱为宽,世情太冷,不如狱中友情之温,宁愿再蹈法网,解回旧狱。澳洲原是古时英国流放罪犯之地,幽默的澳洲朋友也不讳言他们是亡命徒流浪汉的后人。也难怪他们的电视界能推出这么一部铁窗生涯的写实杰作。

痖弦的《一九八〇年》仍不失为一首可爱的好诗,但毕竟是二十多年前的作品,我敢说作者的少年情怀,如今已不再了。那时台湾的新诗风行着异国情调,不但痖弦的某些少作,就连土生土长的叶珊、陈锦标、陈东阳等的作品也是如此。爱慕异国情调,原是青年人理想主义的一种表现。兼以当时台湾的文化、社会、政治各方面都没有现在这么开放,一切都没有现在这么进步,青年作家们多少都有一点"恐闭症",所以向往外面的世界,也是一种可解的心情,不必动辄说成什么"崇洋"。二十多年下来,我这一辈的心情已经完全相反:以前我们幻想,乐土远在天边,现在大家都已憬然省悟,所谓乐土,岂不正是脚下的这块土地,世界上最美好的岛屿?原则上,澳洲之大,也只是一个岛屿罢了。然则在澳洲和台湾之间,今天的痖弦当然是选择自己的家岛。今天,年轻的一代莫不热烈地拥抱这一片土地和这一个社会,认同乡土,一时蔚为风气,诚然十分可喜。

二十多年的留学潮似乎是淡下去了。从远飏海外到奉献本土,青年态度的扭转,正是民族得救文化新生的契机。人对社会的要求和奉献,应成正比:要求得高,就应奉献得多;有所奉献,才有权利有所要求。对社会只有奉献而不要求,不要求它变得更合理更进步,那是愚忠。"不问收获",是不对的。反之,对社会只有要求而不奉献,那是狂妄与自私。不过留学潮也不是全无正面的意义,因为我们至少了解了西方,而了解西方之长短正所以了解中国,了解中西之异同。"不到黄河心不死",许多留学生却是"不到纽约心不死"。同时,远飏海外也还有身心之分。有的人身心一起远飏了,从此做外国人,那也干脆。有的人身在海外而心存本土,地虽偏而心不远,这还是一个正数,不是负数。但是这种人还可分成两类。第一类"心存"的方式,只是对本土的社会提出要求,甚至是苛求,例如"台湾为什么还不像美国"等等,却忘了他自己并未奉献过什么。第二类"心存"的方式,则是奉献,不论那是曾经奉献,正在奉献,或是准备奉献。这种奉献,虽阻隔于地理,却有功于文化。例如肖邦,虽远飏于法国,却以音乐奉献于波兰,然则肖邦在法国,正是波兰的延伸,不是波兰的缩减。"正数"的留学生,都可以作"台湾的延伸"看待。

　　痖弦也曾经两度留学,但到了一九八〇年,却没有像他在早年诗中所预言的,落户在异国。从远飏到回归,正是痖弦这一辈认同台湾的过程,这过程十分重要。时至今日,谁是过客,谁是归人,已经十分清楚。对他这一辈的作家,台湾给他们写作的环境,写作的同伴, 出版他们的作品, 还给他们一群读者和一些批评家,而这是别的社会无法提供的。痖弦属于河南,但是他似乎更属于台湾,当然他完全属于中国。所谓家,不应单指祖传的一块地,更应包括自己耕耘的田。对于在台湾成长的作家,台湾自然就是他们的家。这也许不是"出生权",却一定是"出力权"。"出力权",正是"耕者有其田"的意思。《一九八〇年》诗末有这么两句:

　　　　我说你还赶做什么衣裳呀,
　　　　留那么多的明天做什么哩?

　　这话颇有心理根据。移民到了澳洲,就到了想象中的天堂,但天堂里的日子其实很闷人,"明天"在天堂里毫无意义,因为它无须争取。我认为,《桃花源记》里的生活虽然美满,但如果要我选择, 我宁可跟随诸葛亮在西蜀奋斗, 因为诸葛亮必须争取明天,但是明天对桃源中人并无意义。

　　我知道颇有些朋友以台湾为一岛屿而感到孤立、气馁,也听人说过,台湾囿于地理,文学难见伟大的气魄。这话我不服气。拿破仑生在岛上,也死在岛上,却影响了一代的欧陆。说到文学,莎浮诞生的莱思波斯,萧克利多斯诞生的西西里,都是岛屿,而据说荷马也降世于凯奥司岛。日本和英国不用多说,即以爱尔兰而言,不也出了斯威夫特、王尔德、萧伯纳、叶芝、乔伊斯、贝凯特?

苏轼,应该是我国第一位在海岛上写作的大诗人了。他的高见总该值得我们注意。《苏海识馀》卷四有这么一则:"东坡在儋耳,因试笔尝自书云:'吾始至海南,环视天水无际,凄然伤之曰:何时得出此岛耶? 已而思之,天地在积水中,九州在大瀛海中,中国在少海中,有生孰不在岛者? 覆盆水于地,芥浮于水,蚁附于芥,茫然不知所济。少焉水涸,蚁即径去,见其类,出涕曰:几不复与子相见! 岂知俯仰间之有方轨八达之路乎? 念此可以一笑。戊寅九月十二日,与客饮薄酒小醉,信笔书此纸。'"

东坡真不愧旷代文豪,虽自称信笔所之,毕竟胸襟开阔,不以岛居为囿,却说"有生孰不在岛者"? 髯苏当时的地理观念,竟和今日的实况相合。痖弦当年要去的澳洲,不正是一个特大号的岛吗?亚、非、欧三大洲,也不过合成一个巨岛。想开些,我们这青绿间白的水陆大球,在太空人眷眷回顾之中,不也只是一座太空岛吗?

不过,苏轼的这一番自宽之词,要慰勉我们接受的,只是地理上的囿限,绝非心理上的自蔽。"俯仰间之有方轨八达之路",他在文末已经说得明白。他的名句"不识庐山真面目,只缘身在此山中",更点出客观观点的重要。岛屿只是客观的存在,如果我们竟在主观上强调岛屿的地区主义,在情绪上过分排外,甚至在意识上要脱离中国文化的大传统,那就是地理的囿限又加上心理的自蔽,这种趋势却是不健康的。诗人邓约翰的一段布道词,也是海明威一部小说题名之所本,不妨与苏轼之文并读:"没有人是一个岛,自给自足;每个人都是大陆的一部分,整体的一片段。如果一块土被海浪冲走,则欧洲的损失,正如冲走了一角海岬,冲走了你朋友的田庄或是你自己的田庄。不论谁死了,我都受损，因为我和人类息息相关。所以不要派人去问，丧钟为谁而敲。丧钟为你而敲。"

一九八〇年八月四日

凡·高的向日葵

　　凡·高一生油画的产量在八百幅以上,但是其中雷同的画题不少,每令初看的观众感到困惑。例如他的自画像,就多达四十多幅。阿罗时期的《吊桥》,至少画了四幅,不但色调互异,角度不同,甚至有一幅还是水彩。《邮差鲁兰》和《嘉舍大夫》也都各画了两张。至于早期的代表作《食薯者》,从个别人物的头像素描到正式油画的定稿,反反复复,更画了许多张。凡·高是一位求变、求全的画家,面对一个题材,总要再三检讨,务必面面俱到,充分利用为止。他的杰作《向日葵》也不例外。

　　早在巴黎时期,凡·高就爱上了向日葵。并且画过单枝独朵,鲜黄衬以亮蓝,非常艳丽。一八八八年初,他南下阿罗,定居不久,便邀高更从西北部的布列塔尼去阿罗同住。这正是凡·高的黄色时期,更为了欢迎好用鲜黄的高更去"黄屋"同住,他有意在十二块画板上画下亮黄的向日葵,作为室内的装饰。

　　凡·高在巴黎的两年,跟法国的少壮画家一样,深受日本版画的影响。从巴黎去阿罗不过七百公里,他竟把风光明媚的普罗旺斯幻想成日本。阿罗是古罗马的属地,古迹很多,居民兼有希腊、罗马、阿拉伯的血统,原是令人悠然怀古的名胜。凡·高却志不在此,一心一意只想追求艺术的新天地。

到阿罗后不久,他就在信上告诉弟弟:"此地有一座柱廊,叫做圣多芬门廊,我已经有点欣赏了。可是这地方太无情,太怪异,像一场中国式的噩梦,所以在我看来,就连这么宏伟风格的优美典范,也只属于另一世界:我真庆幸,我跟它毫不相干,正如跟罗马皇帝尼禄的另一世界没有关系一样,不管那世界有多壮丽。"

凡·高在信中不断提起日本,简直把日本当成亮丽色彩的代名词了。他对弟弟说:

"小镇四周的田野盖满了黄花与紫花,就像是——你能够体会吗?——一个日本美梦。"

由于接触有限,凡·高对中国的印象不正确,而对日本却一见倾心,诚然不幸。他对日本画的欣赏,也颇受高更的示范引导。去了阿罗之后,更进一步,用主观而武断的手法来处理色彩。向日葵,正是他对"黄色交响"的发挥,间接上,也是对阳光"黄色高调"的追求。

一八八八年八月底,凡·高去阿罗半年之后,写信给弟弟说:"我正在努力作画,起劲得像马赛人吃鱼羹一样。要是你知道我是在画几幅大向日葵,就不会奇怪了。我手头正画着三幅油画……第三幅是画十二朵花与蕾插在一只黄瓶里(三十号大小)。所以这一幅是浅色衬着浅色,希望是最好的一幅。也许我不止画这一幅。既然我盼望跟高更同住在自己的画室里,我就要把画室装潢起来。除了大向日葵,什么也不要……这计划要是能实现,就会有十二幅木版画。整组画将是蓝色和黄色的交响曲。每天早晨我都乘日出就动笔,因为向日葵谢得很快,所以要做到一气呵成。"

过了两个月,高更就去阿罗和凡·高同住了。不久,两位画家因为艺术观点相异,屡起争执。凡·高本就生活失常,情绪紧张,加以一生积压了多少挫折,每天更冒着烈日劲风出门去赶画,甚至晚上还要在户外借着烛光捕捉夜景,疲惫之余,怎么还禁得起额外的刺激?耶诞前两天,他的狂疾初发。耶诞后两天,高更匆匆回了巴黎。凡·高住院两周,又恢复作画,直到一八八九年二月四日,才再度发作,又卧病两周。一月二十三日,在两次发作之间,他写给弟弟的一封长信,显示他对自己的这些向日葵颇为看重,而对高更的友情和见解仍然珍视。他说:

> 如果你高兴,你可以展出这两幅《向日葵》。高更会乐于要一幅的,我也很愿意让高更大乐一下。所以这两幅里他要哪一幅都行,无论是哪一幅,我都可以再画一张。
>
> 你看得出来,这些画该都抢眼。我倒要劝你自己收藏起来,只跟弟媳妇私下赏玩。这种画的格调会变的,你看得愈久,它就愈显得丰富。何况,你也知道,这些画高更非常喜欢,他对我说来说去,有一句是:"那……正是……这种花。"
>
> 你知道,芍药属于简宁 (Jeannin),蜀葵归于郭司特 (Quost),可是向日葵多少该归我。

足见凡·高对自己的《向日葵》信心颇坚,简直是当仁不让,非他莫属。这些光华照人的向日葵,后世知音之多,可证凡·高的预言不谬。在同一封信里，他甚至这么说："如果我们所藏的蒙提且利那丛花值得收藏家出五百法郎，说真的也真值，则我敢对你发誓，我画的向日葵也值得那些苏格兰人或美国人出五百法郎。"

凡·高真是太谦虚了。五百法郎当时只值一百美金，他说这话，是在一八八八年。几乎整整一百年后，在一九八七年的三月，其中的一幅《向日葵》在伦敦拍卖所得，竟是画家当年自估的三十九万八千五百倍。要是凡·高知道了，会有什么感想呢？要是他知道，那幅《鸢尾花圃》售价竟高过《向日葵》，又会怎么说呢？

一八九〇年二月，布鲁塞尔举办了一个"二十人展"（Les Vingt）。主办人透过西奥，邀请凡·高参展。凡·高寄了六张画去，《向日葵》也在其中，足见他对此画的自信。结果卖掉的一张不是《向日葵》，而是《红葡萄园》。非但如此，《向日葵》在那场画展中还受到屈辱。参展的画家里有一位专画宗教题材的，叫做德格鲁士（Henry de Groux），坚决不肯把自己的画和"那盆不堪的向日葵"一同展出。在庆祝画展开幕的酒会上，德格鲁士又骂不在场的凡·高，把他说成"笨瓜兼骗子"。罗特列克在场，气得要跟德格鲁士决斗，众画家好不容易把他们劝开。第二天，德格鲁士就退出了画展。

凡·高的《向日葵》在一般画册上，只见到四幅：两幅在伦敦，一幅在慕尼黑，一幅在阿姆斯特丹。凡·高最早的构想是"整组画将是蓝色和黄色的交响曲"，但是习见的这四幅里，只有一幅是把亮黄的花簇衬在浅蓝的背景上，其余三幅都是以黄衬黄，烘得人脸颊发煺。

荷兰原是郁金香的故乡，凡·高却不喜欢此花，反而认同法国的向日葵,也许是因为郁金香太秀气、太娇柔了,而粗茎糙叶、花序奔放、可充饲料的向日葵则富于泥土气与草根性,最能代表农民的精神。

凡·高嗜画向日葵,该有多重意义。向日葵昂头扭颈,从早到晚随着太阳转脸,有追光拜日的象征。德文的向日葵叫Sonnenblume,跟英文的 sunflower 一样。西班牙文叫此花为girasol,是由 girar(旋转)跟 sol(太阳)二字合成,意为"绕太阳",颇像中文。法文最简单了,把向日葵跟太阳索性都叫做 soleil。凡·高通晓西欧多种语文,更常用法文写信,当然不会错过这些含义。他自己不也追求光和色彩,因而也是一位拜日教徒吗?

其次,凡·高的头发棕里带红,更有"红头疯子"之称。他的自画像里,不但头发,就连络腮的胡髭也全是红焦焦的,跟向日葵的花盘颜色相似。至于一八八九年九月他在圣瑞米疯人院所绘的那张自画像(也就是我中译的《凡·高传》封面所见),胡子还棕里带红,头发简直就是金黄的火焰。若与他画的向日葵对照,岂不像纷披的花序吗?

因此,画向日葵即所以画太阳,亦即所以自画。太阳、向日葵、凡·高,三位一体。

另一本凡·高传记《尘世过客》(*Stranger on the Earth*:*by Albert Lubin*)诠释此图说:"向日葵是有名的农民之花,据此而论,此花就等于农民的画像,也是自画像。它爽朗的光彩也是仿自太阳,而众生之珍视太阳,已奉为上帝和慈母。此外,其状有若乳房,对这个渴望母爱的失意汉也许分外动人,不过此点并无确证。他自己(在给西奥的信中)也说过,向日葵是感恩的象征。"

从认识凡·高起,我就一直喜欢他画的《向日葵》,觉得那些挤在一只瓶里的花朵,辐射的金发,丰满的橘面,挺拔的绿茎,衬在一片淡柠檬黄的背景上,强烈地象征了天真而充沛的生命,而那深深浅浅交交错错织成的黄色暖调,对疲劳而受伤的视神经,真是无比美妙的按摩。每次面对此画,久久不甘移目,我都要贪馋地饱饫一番。

　　另一方面,向日葵苦追太阳的壮烈情操,有一种知其不可为而为之的志气,令人联想起中国神话的夸父追日,希腊神话的伊卡瑞斯奔日。所以在我的近作《向日葵》一诗里我说:

　　　　你是挣不脱的夸父

　　　　飞不起来的伊卡瑞斯

　　　　每天一次的轮回

　　　　从曙到暮

　　　　扭不屈之颈,昂不垂之头

　　　　去追一个高悬的号召

　　　　　　　　　　　　一九九〇年四月

自豪与自幸

——我的国文启蒙

　　每个人的童年未必都像童话，但是至少该像童年。若是在都市的红尘里长大，不得亲近草木虫鱼，且又饱受考试的威胁，就不得纵情于杂学闲书，更不得看云、听雨，发一整个下午的呆。我的中学时代在四川的乡下度过，正是抗战，尽管贫于物质，却富于自然，裕于时光，稚小的我乃得以亲近山水，且涵泳中国的文学。所以每次忆起童年，我都心存感慰。

　　我相信一个人的中文根底，必须深固于中学时代。若是等到大学才来补救，就太晚了，所以大一国文之类的课程不过虚设。我的幸运在于中学时代是在淳朴的乡间度过，而家庭背景和学校教育也宜于学习中文。

　　一九四〇年秋天，我进入南京青年会中学，成为初一的学生。那家中学在四川江北县悦来场，靠近嘉陵江边，因为抗战，才从南京迁去了当时所谓的"大后方"。不能算是什么名校，但是教学认真。我的中文跟英文底子,都是在那几年打结实的。尤其是英文老师孙良骥先生,严谨而又关切,对我的教益最多。当初若非他教我英文,日后我是否进外文系,大有问题。

至于国文老师,则前后换了好几位。川大毕业的陈梦家先生,兼授国文和历史,虽然深度近视,戴着厚如酱油瓶底的眼镜,却非目光如豆,学问和口才都颇出众。另有一位国文老师,已忘其名,只记得仪容儒雅,身材高大,不像陈老师那么不修边幅,甚至有点邋遢。更记得他是北师大出身,师承自多名士耆宿,就有些看不起陈先生,甚至溢于言表。

高一那年,一位前清的拔贡来教我们国文。他是戴伯琼先生,年已古稀,十足是川人惯称的"老夫子"。依清制科举,每十二年由各省学政考选品学兼优的生员,保送入京,也就是贡入国子监,谓之拔贡。再经朝考及格,可充京官、知县或教职。如此考选拔贡,每县只取一人,真是高才生了。戴老夫子应该就是巴县(即江北县)的拔贡,旧学之好可以想见。冬天他来上课,步履缓慢,意态从容,常着长衫,戴黑帽,坐着讲书。至今我还记得他教周敦颐的《爱莲说》,如何摇头晃脑,用川腔吟诵,有金石之声。这种老派的吟诵,随情转腔,一咏三叹,无论是当众朗诵或者独自低吟,对于体味古文或诗词的意境,最具感性的功效。现在的学生,甚至主修中文系的,也往往只会默读而不会吟诵,与古典文学不免隔了一层。

为了戴老夫子的耆宿背景,我们交作文时,就试写文言。凭我们这一手稚嫩的文言,怎能入夫子的法眼呢?幸而他颇客气,遇到交文言的,他一律给六十分。后来我们死了心,改写白话,结果反而获得七八十分,真是出人意料。

　　有一次,和同班的吴显恕读了孔稚珪的《北山移文》,佩服其文采之余,对纷繁的典故似懂非懂,乃持以请教戴老夫子,也带点好奇,有意考他一考。不料夫子一瞥题目,便把书合上,滔滔不绝,不但我们问的典故他如数家珍地详予解答,就连没有问的,他也一并加以讲解,令我们佩服之至。

　　国文班上,限于课本,所读毕竟有限,课外研修的师承则来自家庭。我的父母都算不上什么学者,但他们出身旧式家庭,文言底子照例不弱,至少文理是晓畅通达的。我一进中学,他们就认为我应该读点古文了,父亲便开始教我魏徵的《谏太宗十思疏》,母亲也在一旁帮腔。我不太喜欢这种文章,但感于双亲的谆谆指点,也就十分认真地学习。接下来是读《留侯论》,虽然也是以知性为主的议论文,却淋漓恣肆,兼具生动而铿锵的感性,令我非常感动。再下来便是《春夜宴桃李园序》、《吊古战场文》、《与韩荆州书》、《陋室铭》等几篇。我领悟渐深,兴趣渐浓,甚至倒过来央求他们多教一些美文。起初他们不很愿意,认为我应该多读一些载道的文章,但见我颇有进步,也真有兴趣,便又教了《为徐敬业讨武曌檄》、《滕王阁序》、《阿房宫赋》。

　　父母教我这些,每在讲解之余,各以自己的乡音吟哦给我听。父亲诵的是闽南调,母亲吟的是常州腔,古典的情操从乡音深处召唤着我,对我都异常亲切。就这么,每晚就着摇曳的桐油灯光,一遍又一遍,有时低回,有时高亢,我习诵着这些古文,忘情地赞叹骈文的工整典丽,散文开阖自如。这样的反复吟咏,潜心体会,对于真正进入古人的感情,去呼吸历史,涵泳文化,最为深刻、委婉。日后我在诗文之中展现的古典风格,正以桐油灯下的夜读为其源头。为此,我永远感激父母当日的启发。

　　不过那时为我启蒙的,还应该一提二舅父孙有孚先生。那时我们是在悦来场的乡下,住在一座朱氏宗祠里,山下是南去的嘉陵江,涛声日夜不断,入夜尤其撼耳。二舅父家就在附近的另一个山头,和朱家祠堂隔谷相望。父亲经常在重庆城里办公,只有母亲带我住在乡下,教授古文这件事就由二舅父来接手。他比父亲要闲,旧学造诣也似较高,而且更加喜欢美文,正合我的抒情倾向。

　　他为我讲了前后《赤壁赋》和《秋声赋》,一面捧着水烟筒,不时滋滋地抽吸,一面为我娓娓释义,哦哦诵读。他的乡音同于母亲,近于吴侬软语,纤秀之中透出儒雅。他家中藏书不少,最吸引我的是一部插图动人的线装《聊斋志异》。二舅父和父亲那一代,认为这种书轻佻侧艳,只宜偶尔消遣,当然不会鼓励子弟去读。好在二舅父也不怎么反对,课余任我取阅,纵容我神游于人鬼之间。

　　后来父亲又找来《古文笔法百篇》和《幼学琼林》、《东莱博议》之类,抽教了一些。长夏的午后,吃罢绿豆汤,父亲便躺在竹睡椅上,一卷接一卷地细览他的《纲鉴易知录》,一面叹息盛衰之理,我则畅读旧小说,尤其耽看《三国演义》。《西游记》、《水浒传》,甚至《封神榜》、《东周列国志》、《七侠五义》、《包公案》、《平山冷燕》等等也在闲观之列,但看得最入神也最仔细的,是《三国演义》,连草船借箭那一段的《大雾迷江赋》也读了好几遍。至于《儒林外史》和《红楼梦》,则要到进了大学才认真阅读。当时初看《红楼梦》,只觉其婆婆妈妈,很不耐烦,竟半途而废。早在高中时代,我的英文已经颇有进境,可以自修《莎氏乐府本事》(*Tales from Shakespeare:by Charles Lamb*),甚至试译拜伦《恰尔德·哈罗德游记》(*Childe Harold's Pilgrimage*)的片段。只怪我野心太大,头绪太多,所以读中国作品也未能全力以赴。

我一直认为,不读旧小说难谓中国的读书人。"高眉"(high-brow)的古典文学固然是在诗文与史哲,但"低眉"(low-brow)的旧小说与民谣、地方戏之类,却为市井与江湖的文化所寄,上至骚人墨客,下至走卒贩大,广为雅俗共赏。身为中国人而不识关公、包公、武松、薛仁贵、孙悟空、林黛玉,是不可思议的。如果说庄、骚、李、杜、韩、柳、欧、苏是古典之葩,则西游、水浒、三国、红楼正是民俗之根,有如圆规,缺其一脚必难成其圆。

读中国的旧小说,至少有两大好处。一是可以认识旧社会的民情风土、市井江湖,为儒道释俗化的三教文化作一注脚;另一则是在文言与白话之间搭一桥梁,俾在两岸自由来往。当代学者慨叹学子中文程度日低,开出来的药方常是"多读古书"。其实目前学生中文之病已近膏肓,勉强吞咽几丸《孟子》或《史记》,实在是杯水车薪,无济于事,根底大弱,虚不受补。倒是旧小说融贯文白,不但语言生动,句法自然,而且平仄妥帖,词汇丰富。用白话写的,有口语的流畅,无西化之夹生,可谓旧社会白话文的"原汤正味";而用文话写的,如《三国演义》、《聊斋志异》与唐人传奇之类,亦属浅近文言,便于白话过渡。加以故事引人入胜,这些小说最能使青年读者潜化于无形,耽读之余,不知不觉就把中文摸熟弄通,虽不足从事什么声韵训诂,至少可以做到文从字顺,达意通情。

我那一代的中学生,非但没有电视,也难得看到电影,甚至广播也不普及。声色之娱,恐怕只有靠话剧了,所以那是话剧的黄金时代。一位穷乡僻壤的少年要享受故事,最方便的方式就是读旧小说。加以考试压力不大,都市娱乐的诱惑不多而且太远,而长夏午寐之余,隆冬雪窗之内,常与诸葛亮、秦叔宝为伍,其乐何输今日的磁碟、录影带、卡拉OK?而更幸运的,是在"且听下回分解"之余,我们那一代的小"看官"们竟把中文读通了。

同学之间互勉的风气也很重要。巴蜀文风颇盛,民间素来重视旧学,可谓弦歌不辍。我的四川同学家里常见线装藏书,有的可能还是珍本,不免拿来校中炫耀,乃得奇书共赏。当时中学生之间,流行的课外读物分为三类,即:古典文学,尤其是旧小说;新文学,尤其是三十年代白话小说;翻译文学,尤其是帝俄与苏联的小说。三类之中,我对后两类并不太热衷,一来因为我勤读英文,进步很快,准备日后直接欣赏原文,至少可读英译本,二来我对当时西化而生硬的新文学文体,多无好感,对一般新诗,尤其是普罗八股,实在看不上眼。同班的吴显恕是蜀人,家多古典藏书,常携来与我共赏,每遇奇文妙句,辄同声啧啧。有一次我们迷上了《西厢记》,爱不释手,甚至会趁下课的十分钟展卷共读,碰上空堂,更并坐在校园的石阶上,膝头摊开张生的苦恋,你一节,我一段,吟咏什么"颠不刺的见了万千,似这般可喜娘的庞儿罕曾见"。后来发现了苏曼殊的《断鸿零雁记》,也激赏了一阵,并传观彼此抄下的佳句。

至于诗词,则除了课本里的少量作品以外,老师和长辈并未着意为我启蒙,倒是性之相近,习以为常,可谓无师自通。当然起初不是真通,只是感性上觉得美,觉得亲切而已。遇到典故多而背景曲折的作品,就感到隔了一层,纷繁的附注也不暇细读。不过热爱却是真的,从初中起就喜欢唐诗,到了高中更兼好五代与宋之词,历大学时代而不衰。

最奇怪的，是我吟咏古诗的方式，虽得闽腔吴调的口授启蒙，兼采二舅父哦叹之音，日后竟然发展成唯我独有的曼吟回唱，一波三折，余韵不绝，跟长辈比较单调的诵法全然相异。五十年来，每逢独处寂寞，例如异国的风朝雪夜，或是高速长途独自驾车，便纵情朗吟"弃我去者昨日之日不可留，乱我心者今日之日多烦忧！"或是"长洪斗落生跳波，轻舟南下如投梭。水师绝叫凫雁起，乱石一线争磋磨！"顿觉太白、东坡就在肘边，一股豪气上通唐宋。若是吟起更高古的"老骥伏枥，志在千里。烈士暮年，壮心不已"，意兴就更加苍凉了。

《晋书·王敦传》说王敦酒后，辄咏曹操这四句古诗，一边用玉如意敲打唾壶作节拍，壶边尽缺。清朝的名诗人龚自珍有这么一首七绝："回肠荡气感精灵，座客苍凉酒半醒。自别吴郎高咏减，珊瑚击碎有谁听？"说的正是这种酒酣耳热，纵情朗吟，而四座共鸣的豪兴。这也正是中国古典诗感性的生命所在。只用今日的国语来读古诗或者默念，只恐永远难以和李杜呼吸相通，太可惜了。

前年十月，我在英国六个城市巡回诵诗。每次在朗诵自己作品六七首的英译之后，我一定选一两首中国古诗，先读其英译，然后朗吟原文。吟声一断，掌声立起，反应之热烈，从无例外。足见诗之朗诵具有超乎意义的感染性，不幸这种感性教育今已荡然无存，与书法同一式微。

去年十二月，我在"第二届中国文学翻译国际研讨会"上，对各国的汉学家报告我中译王尔德喜剧《温夫人的扇子》的经验，说王尔德的文字好炫才气，每令译者"望洋兴叹"而难以下笔，但是有些地方碰巧，我的译文也会胜过他的原文。众多学者吃了一惊,一起抬头等待下文。我说:"有些地方,例如对仗,英文根本比不上中文。在这种地方,原文不如译文,不是王尔德不如我,而是他捞过了界,竟以英文的弱点来碰中文的强势。"

我以身为中国人自豪,更以能使用中文为幸。

一九九三年一月

面目何足较

——从杰克逊说到沈周

一

六月初美国的《明星周刊》有一篇报道,题名《迈克尔的鼻子要掉了! 》说是摇滚乐巨星迈克尔·杰克逊为了舞台形象,前后不但修整了面颊、嘴唇、眼袋,而且将前额拉皮,可是鼻子禁不起五六次的整形手术,已经出现红色与棕色的斑点,引起病变与高烧。文章还附了照片,一张是迈克尔二十岁时所摄,棕肤、浓眉、阔鼻,十足的年轻黑人;一张是漂白过后的近照,却捂着鼻子,难窥真相。

我这才恍然大悟:为什么迈克尔来台湾演唱,进出旅馆都戴着黑色口罩。

黑人在美国既为少数民族,又有沦于下层阶级的历史背景,所以常受歧视。可是另一方面,少数的黑人凭其天赋的体能与敏感,也能扬眉吐气,凌驾白人,成为大众崇拜的选手与歌手。球到了黑人的手里,歌到了黑人的喉里,就像着魔一般可以随心所欲而不逾矩,令白人望尘莫及。黑喉像是肥沃的黑土,只一张就开出惊喜的异葩。艳羡的白人就来借土种花了。

今日的迈克尔·杰克逊令人想起三十年前的埃尔维斯·普雷斯利。迈克尔千方百计要把自己"漂白",正如猫王存心要把自己"抹黑":两位摇滚歌手简直像在对对子。猫王在黑人的福音歌谣里成长,已经有点"黑成分"。这背景加上他日后掌握的"节拍与蓝调"、"乡村与西部",黑白相济,塑成了他多元兼擅的摇滚歌喉。纵然如此,单凭这些,普雷斯利还不足成为猫王。触发千万张年轻的嘴忽然忘情尖叫的,是他高频率的摇臀抖膝(high-frequency gyrations)。这一招苦肉绝技,当然是向黑人学的。

特别是向恰克·贝瑞(Chuck Berry)。普雷斯利的嗓子是富厚的男中音;贝瑞的却是清刚的男高音,流畅哀丽之中尤觉一往情深,轻易就征服了白人听众。贝瑞的歌艺兼擅黑人的蓝调与白人的乡村西部,唱到忘情,也是磨臀转膝,不能自休。他比普雷斯利大九岁,正好提供榜样。在那年代,说到唱歌,美国南部典型的白人男孩无不艳羡邻近的男童,普雷斯利正是如此。日后他唱起"黑歌"来简直可以乱真,加上学来的"抖膝功"一发而不可止,"近墨者黑",终于"抹黑"而红,篡了黑人乐坛的位。

等到迈克尔·杰克逊出现,黑神童才把这王位夺了回去。可是他在白人的主流社会里,却要以白治白,所以先得把自己"漂白"。黑神童征服世界的策略是双管齐下:一方面要亦男亦女,贯通性别,一方面还要亦黑亦白,泯却肤色。但是不择手段的代价未免太高了,那代价正是苦了鼻子。

为了自我漂白,整容沦为易容,易容沦为毁容。保持歌坛王

位,竟要承受这历劫之苦,迈克尔的用心是令人同情的。他虽然
征服了世界,却沦为自卑与虚荣之奴,把"黑即是美"的自尊践踏
无遗。当戴安娜·罗丝与杰西·诺曼都无愧于本色,迈克尔何苦要
易容变色?猫王学黑人还是活学活用,迈克尔学白人却是太"肤
浅"了。

　　"身体发肤,受之父母,不敢毁伤,孝之始也。"如果我是迈克
尔的母亲,一定伤心死了。母亲给了他这一副天嗓,不知感激,
反而要退还母亲给他的面目。这不孝,不仅是对于母亲,更是对
于族人。

二

　　"唯大英雄能本色,是真名士自风流。"所谓本色是指真面
目、真性情,不是美色,尤其不是化妆、整容。所以在商业味浓的
选美会场,虽然"美女如云",却令人觉得俗气。俊男美女配在一
起,总令人觉得有点好莱坞。在艺术的世界,一张"俊男"的画像
往往比不上一张"丑男",正如在演艺界,一流的演员凭演技,三
流的演员才凭俊美。

　　人像画中最敏感的一种,莫过于自画像了,因为画像的人就
是受画的人,而自我美化正是人之常情。但是真正的画家必然抗
拒自我美化的俗欲,因为他明白现实的漂亮不能折合为艺术之
美,因为艺术之美来自受画人的真性情,也就是裸露在受画人脸
上的灵魂,呈现在受画人手上的生命。迈克尔·杰克逊理想中的
自画像,是一个带有女性妩媚的白种俊男。大画家如凡·高的自

画像，则是一个把性情戴在脸上、把灵魂召来眼中的人，他自己。整容而至毁容的迈克尔·杰克逊，在自画像中画出的是一个别人，甚至一个异族。

西方的大画家几乎都留下了自画像，也几乎都不肯自我美化，甚至都甘于"自我丑化"。说"丑化"，当然是言重了，但至少是不屑"讳丑"。从西方艺术的大师自画像里，我实在看不出有谁称得上俊男，然而他们还是无所忌讳地照画不误，甚至还偏挑"老丑"的衰貌来画。他们是人像大师，笔在自己的手里，要妍要媸，全由自己做主，明知这一笔下去，势必"留丑"后世，却不屑伪造虚幻的俊秀，宁可成全艺术的真实。

印象派的名家之中，把少女少妇画得最可爱的，莫过于雷诺阿了，所以他也最受观众欢迎；人人目光都流连于弹钢琴的少女、听歌剧的少妇，很少投向雷诺阿的自画像。我要指出，雷诺阿为自己画像，却不尽在唯美，毋宁更在求真、传神。我看过他的两幅自画像，一幅画于五十八岁（1899），一幅画于六十九岁（1910），都面容瘦削，眼神带一点忧伤倦怠，蔓腮的胡须灰白而凌乱。六十九岁的一幅因玫红的背景衬出较多的血色，但是眼眶比前一幅却更深陷，真是垂垂老矣。证之以一八七五年雷努阿三十四岁所摄的照片，这两张自画像相当逼真，毫无自我美化的企图。无论早年的照片或是晚年的画像，都显示这位把别人画得如此美丽的大师，自己既非俊少，也非帅翁。

原籍克里特岛而终老西班牙的艾尔·格瑞科，仅有的一幅自画像显得苍老而憔悴，灰白的脸色、凹陷的双颊、疲惫的眼神、杂乱的须髯，交织成一副病容，加以秃顶尖耸，双耳斜翘，简直给人蝙蝠加老鼠的感觉。不明白把圣徒和贵人画得那么高洁的大师，为什么偏挑这一副自抑的老态来流传后世？

擅以清醒的低调来处理中产阶级生活的法国画家夏尔丹（Jean Baptiste Chardin，1699—1779），也曾画自己七十岁的老态，倒没有把自己画得多么落魄，却也说不上怎么矍铄有神。画中人目光清明，双唇紧抿，表情沉着坚定之中不失安详，但除此之外，面貌也说不上威严或高贵。相反地，头上却有三样东西显得相当滑稽。首先令人注意的，是那副框边滚圆的眼镜，衬托得脾气似乎很好。然后是遮光护目的帽檐宽阔有如屋檐，显然是因为老眼怕亮。还有呢，是一块头巾将头颅和后脑勺包裹得十分周密，连耳朵和颈背也一并护住，据说是为了防范颜料。这画像我初看无动于衷，实在不懂这穿戴累赘的糟老头子有什么画头。等到弄明白画家何以如此"打扮"，才恍然这并非盛装对客，而是便装作画的常态，不禁因画家坦然无防，乐于让我们看到他日常的本色而备感可亲。

西班牙画家哥雅与阿尔巴公爵夫人相恋的传闻，激发了我们多少遐想，以为《赤身美人》(The Naked Maja)的作者该多倜傥呢。不料出现在他自画像里的，不是短颈胖面的中年人，学究气的圆框眼镜一半滑下了鼻梁，便是额发半秃，眉目阴沉的老人，一点也不俊逸。

哥雅的自画像令我失望，窦纳的却令我吃惊。前者至多只是不漂亮，后者简直就是丑了。窦纳的鹰钩长鼻从眉心隆然崛起，简直霸占了大半个脸庞，侧面看来尤其显赫，久成漫画家夸张的对象，甚至在早年的自画像里，他自己也不肯放过。鼻长如此，加上浓眉、大眼、厚唇，实在是有点丑了。

三

自画像最多产的两位大师，却都生在荷兰。伦勃朗（Rembrandt van Ryn, 1606—1669, 又译伦布兰特）一生油画的产量约为六百幅，其中自画像多达六十幅，比重实在惊人；如果加上版画和素描，自画像更超过百幅。另一特色是这许多自画像从二十三岁一直画到六十三岁，也就是从少年一直到逝世之年，未曾间断，所以每一时期的面貌与心情都有记录。足见画家自我的审视与探索有多坚持，这一份自省兼自剖的勇气与毅力，只能求之于真正的大师。

这些自画像尤以晚年所作最为动人，一次认识之后，就终身难忘了。伦勃朗本就无意节外生枝地交代一切细节，他要探索的是性格与心境，所以画中人去芜存菁，往往只见到一张洋溢着灵性的脸上，阅世深邃的眼神，那样坚毅而又镇定，不喜亦不惧地向我们凝望过来，不，他并没看见我们，他只是透过我们，越过我们，在凝望着永恒。幻异的光来自顶上，在他的眉下、鼻下投落阴影。还有些阴影就躲在发间、须间，烘托神秘。但迎光的部分却照出一脸的金辉，使原来应该满布的沧桑竟然超凡入圣，蜕变成神采。

伦勃朗与雷诺阿同为人像画大师，但取材与风格正好相反。雷诺阿之所弃，正是伦勃朗之所取。伦勃朗的人像画廊里几乎全是老翁老妪和体貌平凡甚至寝陋的人物。他的美学可说是脱胎于丑学：化腐朽为神奇，才真是大匠。

和他的前辈一样，凡·高也从未画过美女俊男，却依然成为人像大师。他一生默默无闻，当然没有人雇他画像，所以无须也无意取悦像主。同时他穷得雇不起模特儿，所以要画人像也无可选择，只好随缘取材，画一些寂寞的小人物，像米烈少尉、画家巴熙、嘉舍大夫等等，已经是较有地位的了。

退而求其次，凡·高便反躬自画。画自己，毕竟方便多了，非但不需求人，而且可以认识自己，探讨自我生命的意义。画家的自画像颇似作家的自传，可是自传不妨直叙，而自画像只能婉达，内心的种种得靠外表来曲传，毕竟是象征的。相由心生，貌缘情起。画家要让观众深切体会自己的心情，先应精确掌握自己的相貌，相貌确定了，才能让观众解码为心情，为形而上的生命。

伦勃朗在四十年内画了六十幅油画的自画像，凡·高在十年内却画了四十多幅，其反复自审、深刻自省的频密，甚至超过了前辈，也可见他有多么寂寞，多么勇于自剖了。他频频写信给弟弟，是要向人倾诉；又频频画自己，是要向灵魂倾诉；更频频画星空、画麦田、画不完童颜的向日葵，是要向万有的生命滔滔倾诉。

就是这十九世纪末最寂寞的灵魂，沛然充塞于那四十多幅赤露可惊的自画像里。在冷肃孤峻之中隐藏着多少温柔，有时衣冠如绅士，有时清苦如禅师，有时包着残缺的右耳，有时神情失落如白痴，有时咬紧牙关如烈士，但其为寂寞则一。伦勃朗把自己裹在深褐色的神秘之中，只留下一张幻金的老脸像一盏古灯。凡·高为了补偿自己的孤寂，无中生有，把身后的背景鼓动成蓝旋涡一般的光轮。两人都不避现实之丑，而成就了艺术之美，生活的输家变成了生命的赢家。

迈克尔·杰克逊再三整容,只买到一副残缺的假面具。伦勃朗与凡·高坦然无隐以真面目待人,却脱胎换骨。

四

中国的绘画传统里,人像画的成就不能算高。山水画标榜写胸中之逸气,本质上可视为文人画家的自画像,反而真正的自画像却难得一见。范宽和李唐是什么面貌,马远和夏珪是什么神情,我们都缘悭一面,不识庐山。所以一旦见到沈周竟有自画像,真的是喜出望外了。

自画像中的沈周,布衣乌帽、须发尽白,帽底微露着两鬓如霜。清癯的脸上眼神矍铄,耳鼻俱长,鼻梁直贯,准头饱垂,予人白象祥瑞之感。眼周和颐侧的皱纹轻如涟漪,呼应着袍袖的褶痕。面纹之间有疏落的老人斑点。画像可见半身,交拱的双手藏在大袖之中,却露出一节指甲。整体体态和神情,山稳水静,仁蔼之中有大气磅礴。观者对画,油然而生敬羡,观之愈久,百虑尽消。这却是在凡·高甚至伦勃朗的自画像前,体会不到的。

> 人谓眼差小,又说颐太窄。
>
> 我自不能知,亦不知其失。
>
> 面目何足较,但恐有失德。
>
> 苟且八十年,今与死隔壁。

沈周在画上自题了这首五古,豁达之中透出谐趣。西方油画

172

的人像虽然比较厚重有力,却不便题诗,失去中国画中诗画互益
之功。"面目何足较"一句,伦勃朗和凡·高都会欣然同意,但苦苦
整容的迈克尔·杰克逊恐怕是听不进去的了。

一九九七年七月

天方飞毯原来是地图

天方飞毯

我一生最最难忘的中学时代，几乎全在四川度过。记忆里，那峰连岭接的山国，北有剑阁的拉链锁头，东有巫峡的钥匙留孔，把我围绕在一个大盆地里，不管战争在外面有多狞恶，里面却像母亲的子宫一样安全。

抗战的岁月交通不便，资讯贫乏，却阻挡不了一个中学生好奇的想象。北极拉布兰族有一首歌说："男孩的意向是风的意向，少年的神往是悠长的神往。"山国的外面是战争，战争的外面呢，又是什么？广阔而多彩的世界等在外面，该值得我去阅历，甚至探险的吧？那时电视在西方也才刚开始，而在四川，不要说电视了，连电影一年也看不到几回，至于收音机，也不普及。于是我瞭望外面世界的两扇窗口，只剩下英文课和外国地理。英文读累了，我便对着亚光舆地社出版的世界地图，放纵少年悠长的神往。

半世纪后，周游过三十几个国家，再贵的世界大地图册也买得起了，回头再去看当年的那本世界地图，该不会大惊小怪了。可是当年我对着那本宝图心醉而神驰，百看不厌，觉得精美极了，比什么美景都更动人。

　　要初识一个异国，最简单的方式应该是邮票、钞票、地图了。邮票与钞票都印刷精美，色彩悦目，告诉你该国有什么特色，但是得靠通信或旅游才能得到。而地图则到处都有，虽然色彩不那么鲜艳，物象不那么具体，却能用近乎抽象的符号来标示一国的自然与人工，告诉你许多现况，至于该国的景色和民情，则要靠你的想象去捕捉。符号愈抽象，则想象的天地愈广阔。地图的功用虽在知性，却最能激发想象的感性。难怪我从小就喜欢对图遐想。

　　亚光版那本世界地图，在抗战时期绝不便宜，我这乡下的中学生怎会拥有一册，现在却记不得了。只记得它是我当时最美丽最珍贵的家当，经常带在身边的动产。周末从寄宿的学校走十里的山路回家，到了嘉陵江边，总爱坐在浅黄而柔软的沙岸，在喧嚣却又寂寞的江流声中，展图神游。四川虽云天府之国，却与海神无缘，最近的海岸也在千里以外。所以当时我展图纵目，最神往的是海岸曲折，尤其多岛的国家，少年的远志简直可以饮洋解渴，嚼岛充饥。我望着滔滔南去的江水，不知道何年何月滚滚的浪头能带我出峡、出海，把掌中这地图还原为异国异乡。

　　我迷上了地理，尤其是地图，而画地图的功课简直成了赏心乐事。不久我便成为班上公认的"地图精"，有同学交不出地图作业，就来求救于我。尤其有两三个女生，虽然事先打好方格，对准原图，临帖一般左顾右盼地一路描下去，到头来山东半岛，咦，居然会高于辽东半岛。总不能见死不救吧，于是我只好愚公移山，出手来重造神州了。"地图精"之名传开之后，连地理老师对我也存了几分戒心。有位老师绰号叫"中东路、昂昂溪"，背着学生在黑板上偶尔画一幅地图要说明什么，就会回过头来匆匆扫我一眼，看我有什么反应。同学们就会忍不住笑出声来，我则竭力装得若无其事。

　　初三那年，一个冬日的下午，校园里来了个卖旧书刊的小贩，就着柑橘树下，摊开了一地货品。这在巴县悦来场那样的穷乡，也算是稀罕的了。同学们把他团团围住，有的买《聊斋志异》、《七侠五义》、《包公案》或是当时颇为流行的《婉容词》。欢喜新文学的则掏钱买什么《蚀》、《子夜》、《激流》之类，或是中译本的帝俄小说。那天我没有买书，却被一张对折的地图所吸引——一张古色斑斓的土耳其地图。土黄的安纳托利亚高原，柔蓝的黑海和地中海，加上和希腊纠缠的群岛，吸住了我逡巡的目光。生平第一次，我用微薄的零用钱买下了第一幅单张的地图，美感的诱惑多于知性的追求。不过是一个初中生罢了，甚至不知道伊斯坦布尔就是君士坦丁堡，当然也还未闻特洛伊的故事，更不会料到四十年后，自己会从英译本转译出《土耳其现代诗选》。

　　不过是一个小男孩罢了，对那中东古国、欧亚跳板根本一无所知，更毫无关系，却不乏强烈的神秘感与美感。那男孩只知道他爱地图，更直觉那是智慧的符号、美的密码、大千世界的高额支票，只要他够努力，有一天他必能破符解码，把那张远期支票兑现成壮丽的山川城镇。

　　其后二十年，我的地图癖虽然与日俱深，但困于环境，收藏量所增有限。台湾的地图在绘制技术上殊少进步，坊间买得到的旧图也欠精致。至于外国地图，不但进口很少，而且售价偏高，简直就买不起。美国新闻处请我翻译惠特曼和弗罗斯特的诗,也经常酬送我文学书籍,但只限于美国作品。朋友赠书,也无非诗集与画册,不是地图。

直到一九六四年,我三十六岁那年,自己开车上了美国的公路,才算看到什么叫做认真的地图。那是为方向盘后的驾驶人准备的公路行车图,例皆三尺长乘两尺宽,把层层的折叠次第展开,可以铺满大半个桌面。一眼望去,大势明显,细节精确,线条清晰而多功能,字体则有轻有重,有正有斜,色彩则雅致悦目,除白底之外只用粉红、线绿、淡黄等等来区别保护区、国家公园、都市住宅,不像一般粗糙的地图着色那么俗艳刺眼。道路分等尤细,大凡铺了路面而分巷双行的,都在里程标点之间注明距离,以便驾驶人规划行程。

有了这样的行车详图,何愁缩地乏术,千里的长途尽在掌握之中了。我在美国教书四载,有两年是独自生活,每次近游或远征,只能跟这样的地图默默讨论,亲密的感觉不下于跟一位知己。

一张精确而详细的地图,有如一个头脑清楚、口齿简洁的博学顾问,十分有用,也十分可靠。太太去美国后,我就把这缩地之术传给了她,从此美利坚之大,高速路之长,跨州越郡,从东岸一直到西岸,就由她在右座担任"读图员"(map reader)了。就这么,我们的车轮滚过二十四州,再回台时,囊中最可贵的纪念品就是各州的行车图、各城的街道图,加上许多特殊分区的地图例如国家公园之类,为数当在百幅以上。

可惊的是,三十多年前从美国各地的加油站收集来的那些地图,不知为何,现在竟已所余无几。偶尔找到一张,展开久磨欲破的折痕,还看得见当年远征前夕在地名或街名旁边画的底线,或是出发前记下的里程表所示的里数,只觉时光倒流,像是化石上刻印的一鳞半爪,为遗忘了的什么地质史作见证。

一九七四年迁去香港,一住十一年,逐渐把我的壮游场景从北美移向西欧,而往昔的美国地图也逐渐被西欧、东欧各国的所取代,图上的英文变成了法文、德文、西班牙文、斯拉夫文……即使是英国地图,也有不少难以发音的盖尔(Gaelic)地名。欧洲的古老和多元深深吸引着我:那么多国家,那么多语言,那么多美丽的城堡、宫殿、教堂、广场、雕像,那么中世纪那么文艺复兴那么巴洛克,一口深呼吸岂能吸尽? 夫妻俩老兴浩荡,抖落了新大陆的旧尘,车轮滚滚,掀起了旧大陆的新尘,梦游一般,驰入了小时候似曾相识的一部什么翻译小说。

"凭一张地图",就像我一本小品文集的书名那样,我们驾车在全然陌生的路上,被奇异的城名街名接引,深入安达卢西亚的歌韵,卢瓦尔河古堡的塔影,纵贯英国,直入卡利多尼亚的古都与外岛, 而为了量德意志有多长, 更从波罗的海岸边一车绝尘,直切到波定湖边(Bodensee)。少年时亚光版的那册世界地图并没有骗我:那张美丽的支票终于在欧洲兑现,一切一切,"凭一张地图"。

就这样, 我的地图库又添了上百种新品。除了欧洲各国之外,更加上加拿大、墨西哥、委内瑞拉、巴西、澳洲、南非及南洋各地的大小舆图;包括瑞士巧克力糖盒里附赠的瑞士地形图,除了波定湖、日内瓦湖波平不起之外,蟠蜿的阿尔卑斯群山都隆起浮雕, 凹凸如山神所戴的面具; 还有半具体半抽象的布拉格街道图,用漫画的比例、童话的天真,画出魔涛河两岸的街景,看查理大桥上百艺杂陈,行人正过桥而来,有的广场上有人在结婚,甚至头戴黑罩的刽子手正挥刀在处决死囚,而有的街口呢,吓,卡夫卡那八脚大爬虫正蠕蠕爬过。

幼嗜地理的初中男孩一转眼已变成退休教授,"地图精"真的成精了。于是有人送礼就送来地图。送我瑞士巧克力的那个女孩,选择那样的礼物,就因为盒里有那一张,不,那一簇山形。地图库里供之高架的三巨册世界地图,也是先后由女儿、女婿和富勒敦加州大学的许淑贞教授所赠。许教授送的那册《最新国际地图册》物重情意也重,抱去磅秤上一称,重达七磅。在我收集的两百多幅单张舆图和二十多本中外地图册里,它是镇库之宝。

世界脸谱

所谓世界地图,其实就是地球的画像,但是它既非鲁本斯的油画,也非史泰肯(Edward Steichen)的摄影,而是地图绘制师用一套美观而精致的半抽象符号,来为我们这浑茫的水陆大球勾勒出一个象征的脸谱。那是智慧加科技的结晶,无关灵感,也无意自命为艺术。然而神造世界,法力无边,竟多姿多彩,跟设计家所制的整齐蓝图不同。那漫长而不规则的海岸线,那参差错落的群岛列屿,那分歧槎枒的半岛,那曲折无定的河流,天长地久,构成了这世界的五官容貌,已变得熟悉可亲,甚至富有个性。

绘制世界地图,是用一张纸来描写一只球,用平面几何来探讨立体几何,所以绘的地区愈大,经纬的弧线也就愈弯,正可象征所谓地平线或是水平线其实不平。所谓水平,只是凡人的近视浅见而已。大地图上的经纬,抛物线一般向远方抛去,每次我见到,都会起高极而晕的幻觉,因为那就是水陆母球的体魄,轮廓隐隐。

世界的真面貌只有地球仪能表现, 所以一切地图不过是变相,实为笔补造化的一种技艺,为了把凡人提升为鹰、为云、为神,让地上平视的在云端俯观。有一次我从巴黎飞回香港,过土耳其上空已近黄昏,驾驶员说下面是伊斯坦布尔。初夏的晴空,两万英尺下有一截微茫的土黄色,延伸着欧陆最后的半岛。惊疑中,我正待决眦寻找黑海或马尔马拉海,暮色在下面已经加深。

要升高到看得出土耳其庞然的轮廓, 得先把土耳其缩为六百万分之一。要看出这世界是个圆球,更得再缩它,缩成七千万分之一。地图用的正是这种神奇的缩地术,把世界缩小,摊平,把我们放大,提高,变成了神。只是地图的缩地术更进一步,把神人之间的云雾一扫而尽,包括用各种语言向各种神灵求救的祈祷,让我们的火眼金睛看个透明。

然则地图展示给我们的仅止于空间吗? 又不尽然。第二次世界大战有一首名诗,叫做《目测距离》(*Judging Distances, by Henry Reed*),说是:"至少你知道/地图描写时间,而非地点,就军队而言/正是如此。"意思是研判敌阵外貌,应防伪装,不可以一成不变。

其实改变地貌的岂独是战争? 气候侵蚀、地质变化、人工垦拓等等都能使大地改相,至于沧海桑田、华屋山丘之巨。古代的地图上找不到上海和香港, 现代的地图上也不见尼尼微和特洛伊,那些遗址只有在够大的图上才标以三瓣红花的符号。再过一千年,纽约,甚至美国,还会在地图上吗? 柏拉图在晚年的对话录里,曾描述"赫九力士的天柱"外面,在大西洋上有一个文明鼎盛的古国,毁于火山与地震,遂陆沉海底。那便是传说至今的亚特兰蒂斯(Atlantis)。地质学家告诉我们,西非凹进去的直角跟南美凸出来的直角,在远古本来是陆地相连,而今却隔了四十五度的经度。甚至也不必痴等多少个世纪了,沧海桑田已变在眼前。小时候读中学,地理书说洞庭湖是中国第一大湖,后来读唐人的诗句"濯足洞庭望八荒",宋人的词句"玉界琼田三万顷",想这洪流不知有多壮阔,怪不得中国诗人都少写海,因为只写洞庭就够了。也难怪傅抱石的《湘夫人》,只要画洞庭波起,落叶纷下,就能与波堤切利的《爱神海诞》媲美。最令人伤心的,却是四十年来江河冲积,人工围垦,名湖早已分割"缩水",落到鄱阳之后了。

图穷匕见

洞庭水促,长江水浊,三峡水漫,苏州水污,"曾日月之几何,而江山不可复识矣"。我小时候的地图因旧而贵,竟然奇货可居,能用来吊古、考古了。屈原今日而要投水,不知沧浪还有清流吗?故国不再,乡愁难解,要神游只有对着旧地图了。

所以地图展示的不止是空间,更是时间。美国名诗人华伦(Robert Penn Warren)说过:"历史要解释清楚,全靠地理。"我不妨更进一步,说:"地理要解释清楚,得看地图。"反过来说,地图不但展示地理,也记录历史;历史离不了政治,所以地图也反映政治。

一八〇六年一月,有感于拿破仑大败奥地利与俄罗斯的联军于奥斯特利兹,英国最年轻的首相小皮特(William Pitt the

Younger)说:"把(欧洲)地图卷起来吧,十年内都用不着了。"他这话说得太匆促,因为不出十年,拿破仑就战败被囚,欧洲的国界又得重画了。但也可见地图如何牵涉到政治。

地图绘制师(cartographer)不会失业,因为政客不让他闲着。最好的例子就在眼前。骨牌搭成的前苏联被戈尔巴乔夫一推就倒了,东柏林的围墙跟着坍塌。有那么多的疆界要重画,有人要看看乌兹别克斯坦在哪里,意味着地图业有生意上门。巴尔干的火药库一爆发,南斯拉夫炸成好几个新国家,一时克罗地亚、塞尔维亚、马其顿、科索沃纷受国际瞩目,成为地图上多事的焦点。

"图穷匕见",地图里是有政治的。政治一吹风,地图就跟着草动了。苏联解体,列宁之城就归还彼得之堡。捷克分家,就一克变成两克,一半仍是捷克,另一半叫做斯洛伐克。同一个湖泊,德国人自己叫做波定湖(Bodensee),英国人却叫做康士坦斯湖(Lake Constance)。另一个湖,本地人的法文叫做勒芒湖(Lac Leman),英文又以城为名,叫做日内瓦湖。最有趣的该是英吉利海峡了,对岸的法国人也有份的呀,凭什么要以英国命名呢?果然,法国地图上把它径称 La Manche,也就是"海峡"之意,但此字原意是"衣袖",也可形容海峡之狭长。更有趣的是,德文也把那海峡叫做衣袖海峡(Ärmelkanal),同样不甘心冠以英国之名。

相似的形势亚洲也有。日本与韩国之间的海叫做日本海,韩国人不知道感想如何,很想看看韩国的地图是如何称呼。不过日韩之间的海峡却叫做朝鲜海峡,也算是不无小补吧。同样地,阿拉伯与印度之间的水域叫阿拉伯海,印度好像吃亏了,但是阿拉伯海却归于印度洋,也算是摆平了吧。真想看看印、阿两国自印的地图。

地图里既有匕首,各国自制的地图册难免有本位意识。一般的八开本巨型地图册,除卷首交代地图发展史、投影绘图术及世界地质、地形、气候、生态、人口、语言、宗教各方面的概图之外,大半的篇幅例皆从本国出发,逐洲、逐区、逐国展示,遇见重要地区,也会放大以供详阅。但因观点不同,轻重取舍之间差别也就很大。

英美出版的世界地图册例皆从欧洲开始,到南美洲结束,而欧洲又以英国开端,但其中各国篇幅的分配就不免厚薄有别了。以面积与人口而言,广土众民的亚洲篇幅本应最多,但我所有的世界地图册里,亚洲却落在欧洲与北美之下,位在第三。美国兰德·麦克纳利公司一九九四年豪华版的《最新国际地图册》(*Rand McNally: The New International Atlas*)给各大洲的篇幅,依次是北美洲六十六页、欧洲六十二页、亚洲四十四页、非洲二十六页、南美洲十七页、大洋洲十六页。"重白轻色"之势十分显著。

美国汉曼公司的《世界地图册》(*Hammond: Atlas of the World*)同年出版,也是八开本,各洲页数的分配则是欧洲五十页、北美洲三十八页、亚洲二十六页、非洲十八页、南美洲十三页、大洋洲十二页。

再看英国菲利普公司所出的一九八五年三十二开本《世界小地图册》(*Philips' Small World Atlas*),大块的亚洲仍居欧风美雨之下,其页数分别是欧洲五十六页、北美洲四十四页、亚洲四十二页、非洲十四页、南美洲十一页、大洋洲十页。非洲只得欧洲四分之一,其偏更著。

洲际的分配如此,国际的又如何?《最新国际地图册》给美国四十一页,几与全亚洲相等。其他国家得页较多的是俄罗斯(及旧属)十五页、澳大利亚十三页、加拿大与意大利各十二页、中国十一页、英国十页、德国与印度各八页、日本与巴西各六页。看来仍是偏重英语国家。《世界地图册》的前四名,美国(二十五页)、加拿大(八页)、澳大利亚(八页)、英国(七页),也都是英语国家。至于《世界小地图册》的前四名,除了次序稍变,仍然是美国(十八页)、英国(十六页)、加拿大(十六页)、澳大利亚(八页),不过加上了日本(同为八页)而已。对比之下,中国只有四页。

再如一九七四年英国的《企鹅版世界地图册》(*The Penguin World Atlas*)展示了三十七个大城市的市区图,所属依次是欧洲十六个、北美洲十四个、亚洲五个(北京、上海、加尔各答、德里、东京)、澳大利亚及南美各一个。至于非洲,一个也没有。

这就是西方人眼中的世界。

这观点当然有人要挑战。一九八二年西安地图出版社编印的《世界地图册》便改变了这次序和比重,从亚洲开始,以南美结束,篇幅大加调整,依次是亚洲三十四页、非洲二十六页、欧洲十四页、南北美洲各十页、大洋洲六页。亚非二洲相加为六十页,正好占百分之六十。相比之下,前述英美的四种世界地图册中,这两大洲加在一起,所占比例都低于百分之三十六。

到一九八二年为止,这本西安版的《世界地图册》已经印了一百七十八万六千册,这在台港的区区书市看来,真是纸贵洛阳,不,纸贵西安的了。其实真正畅销的是河北印刷的《中国地图册》,一九九〇年第七版第二十九次印刷已印了一千四百五十九万二千册,需求之广可以想见。

不过,前述西安版的《世界地图册》虽然有志力矫白人中心之枉,影响也只限于华语世界,加以开本袖珍,印刷也未尽精美,而各国分图之外世界总图的面面观仍欠多姿，欲求国际的地图精们刮目相看，尚有距离。热烈地，我等待中国人绘制的宏美舆图巨册。

西方的巨制舆图再精确，也不是绝无漏洞的。汉曼版的《世界地图册》一百二十五页，就在沙巴境内相距一百多公里的两处，用黑三角形标出了基纳巴卢山（中国寡妇山：Gunung Kinabalu），北边的黑三角是对的，南边的却是无中生有，重复多余。又在二百一十二页，把贵州的长顺（Changshun）误为长春（Changchun），说人口有一百七十四万，而真正的长春却近在上面第五行。兰德·麦克纳利版的《新万国地图册》(The New Cosmopolitan World Atlas)二百六十三页列举世界大岛，把印尼东部的西兰岛（Ceram）排在爪哇与新西兰北岛之间，并附注其面积为四万五千八百零一平方英里。其实它只有七千一百九十一平方英里，应该往后退三十名，排到日本四国岛的下面。

地图乃世界之脸谱，迄今仍由西方人在绘图，虽然绘得相当精美，可惜欧美澳才是正面，亚非拉只算侧影。前举西方精美巨册犯错的三个例子，一在中国，一在印尼，一在马来西亚，凑巧都在"侧影"之中，不免令人"多心"。西方的"先进国家"早已登陆外星，在绘月球、火星的脸谱了，我们的地理学家、地图专家，甚至天文学家该怎么办呢？

一九九九年四月

粉丝与知音

一

　　大陆与台湾、香港的交流日频,中文的新词也就日益增多。台湾的"作秀"、香港的"埋单"、大陆的"打的",早已各地流行。这种新生的俚语,在台湾的报刊最近十分活跃,甚至会上大号标题。其中有些相当伧俗,例如"凸槌"、"吐漕"、"劈腿"、"嘿咻"等等,忽然到处可见,而尤其不堪的,当推"轰趴",其实是从英文home party译音过来,恶形恶状,实在令人不快。当然也有比较可喜的,例如"粉丝"。

　　"粉丝"来自英文的 fan,许多英汉双解词典,包括牛津与朗文两家,迄今仍都译成"迷";实际搭配使用的例子则有"戏迷"、"球迷"、"张迷"、"金迷"等等。"粉丝"跟"迷"还是不同:"粉丝"只能对人,不能对物,你不能说"他是桥牌的粉丝"或"他是狗的粉丝"。

　　Fan 之为字,源出 fanatic,乃其缩写,但经瘦身之后,脱胎换骨,变得轻灵多了。fanatic 本来也有恋物羡人之意,但其另一含义却是极端分子、狂热信徒、死忠党人。《牛津当代英语高阶词典》(*Oxford Advanced Learner's Dictionary of Current English*)第七版为此一含义的 fanatic 所下的定义是:a person of extreme or dangerous opinions,想想有多可怕!

但是蜕去毒尾的 fan 字,只令人感到亲切可爱。更可爱的是,当初把它译成"粉丝"的人,福至心灵,神来之笔竟把复数一并带了过来,好用多了。单用"粉"字,不但突兀,而且表现不出那种从者如云纷至沓来的声势。"粉丝"当然是多数,只有三五人甚至三五十人,怎能叫做 fans? 对偶像当然是说"我是你的粉丝",怎么能说"我是你的粉"呢? 粉,极言其细而轻,积少成多,飘忽无定。丝,极言其虽细却长,纠缠而善攀附,所以治丝益棼,欲理还乱。

这种狂热的崇拜者,以前泛称为"迷",大陆叫做"追星族",嬉皮时代把追随著名歌手或乐队的少女叫做 "跟班癖"(groupie),西方社会叫做"猎狮者"(lion hunter)。这些名称都不如"粉丝"轻灵有趣。至于"忠实的读者"或"忠实的听众",也嫌太文,太重,太正式。

粉丝之为族群,有缝必钻,无孔不入,四方漂浮,一时啸聚,闻风而至,风过而沉。这现象古已有之,于今尤烈。宋玉《对楚王问》曰:"客有歌于郢中者,其始曰《下里》、《巴人》,国中属而和者数千人……其为《阳春》、《白雪》,国中属而和者数十人。"究竟要吸引多少人,才能称粉丝呢? 学者与作家,能号召几百甚至上千听众,就算拥有粉丝了。若是艺人,至少得吸引成千上万才行。现代的媒体传播,既快又广,现场的科技设备也不愁地大人多,演艺高手从帕瓦罗蒂到猫王,轻易就能将一座体育场填满人潮。一九六九年纽约州伍德斯塔克三天三夜的露天摇滚乐演唱会,吸引了四十五万的青年,这纪录至今未破。另一方面,诗人演讲也未可小觑:艾略特在明尼苏达大学演讲,听众逾一万三千人;弗罗斯特晚年也不缺粉丝,我在爱荷华大学听他诵诗,那场听众就有两千。

二

与粉丝相对的,是知音。粉丝,是为成名锦上添花;知音,是为寂寞雪中送炭。杜甫尽管说过:"文章千古事,得失寸心知。"但真有知音出现,来肯定自己的价值,这寂寞的寸心还是欣慰的。其实如果知音寥寥,甚至迟迟不见,寸心的自信仍不免会动摇。所谓知音,其实就是"未来的回声",预支晚年的甚至身后的掌声。凡·高去世前一个多月写信告诉妹妹维尔敏娜,说他为嘉舍大夫画的像"悲哀而温柔,却又明确而敏捷——许多人像原该如此画的。也许百年之后会有人为之哀伤"。画家寸心自知,他画了一张好画,但好到什么程度呢,因为没有知音来肯定、印证,只好寄望于百年之后了。"也许百年之后会有人……"语气真是太自谦了。《嘉舍大夫》当然是一幅传世的杰作,后代的艺术史家、评论家、观众、拍卖场都十分肯定。凡·高生前只有两个知音:弟弟西奥与评论家奥里叶,死后的十年里只有一个:弟媳妇约翰娜。高更虽然是他的老友,本身还是一位大画家,却未能真正认定凡·高的天才。

知音出现,多在天才成名之前。叔本华的母亲是畅销小说家,母子两人很不和谐,但歌德一早就告诉做母亲的,说她的孩子有一天会名满天下。歌德的预言要等很久才会兑现:寂寞的叔本华要等到六十六岁,才收到瓦格纳寄给他的歌剧《尼伯龙根的指环》,附言中说对他的音乐见解十分欣赏。

美国文坛的宗师爱默生收到惠特曼寄赠的初版《草叶集》,回信说:"你的思想自由而勇敢,使我向你欢呼……在你书中我发现题材的处理很大胆,这种手法令人欣慰,也只有广阔的感受能启示这种手法。我祝贺你,在你伟大事业的开端。"那时惠特曼才三十六岁,颇受论者攻击。苏轼考礼部进士,才二十一岁,欧阳修阅他的《刑赏忠厚之至论》,十分欣赏,竟对梅圣俞说:"老夫当避此人,放出一头地。"众多举子听了此话,哗然不服,日久才释然。

有些知音,要等天才死后才出现。莎士比亚死后七年,生前与他争雄而且不免加贬的班姜生,写了一首长诗悼念他,肯定他是英国之宝:"全欧洲的剧坛都应加致敬。/他不仅流行一时,而应传之百世!"又过了七年,另一位大诗人弥尔顿,在他最早的一首诗《莎士比亚赞》中,断言莎翁的诗句可比神谕(those Delphic lines),而后人对他的崇敬,令帝王的陵寝也相形逊色。今人视莎士比亚之伟大为理所当然,其实当时盖棺也未必论定,尚待一代代文人学者的肯定,尤其是知音如班姜生与弥尔顿之类的推崇,才能完成"超凡入圣"(canonization)的封典。有时候这种封典要等上几百年才举行,例如邓约翰的地位,自十七世纪以来一直毁誉参半,欲褒还贬,要等艾略特出现才找到他真正的知音。

此地我必须特别提出夏志清来,说明知音之可贵,不但在于慧眼独具,能看出天才,而且在于胆识过人,敢畅言所见。四十五年前,夏志清所著《中国现代小说史》在美国出版,钱钟书与张爱玲赫然各成一章,和鲁迅、茅盾分庭抗礼,令读者耳目一新。文坛的旧观,一直认为钱钟书不过是学府中人,偶涉创作,既非左派肯定的"进步"作家,也非现代派标榜的"前卫"新锐;张爱玲更沾不上什么"进步"或"前卫",只是上海洋场一位言情小说作者而已。夏志清不但看出钱钟书、张爱玲,还有沈从文在"主流"以外的独创成就,更要在四十年前美国评论界"左"倾成风的逆境里,毫不含糊地把他的见解昭告世界,真是智勇并兼。真正的文学史,就是这些知音写出来的。有知音一槌定音,不愁没有粉丝,缤纷的粉丝啊,蝴蝶一般地飞来。

　　知音与粉丝都可爱,但不易兼得。一位艺术家要能深入浅出,雅俗共赏,才能兼有这两种人。如果他的艺术太雅,他可能赢得少数知音,却难吸引芸芸粉丝。如果他的艺术偏俗,则吸引粉丝之余,恐怕赢不了什么知音吧?知音多高士,具自尊,粉丝拥挤甚至尖叫的地方知音是不会去的。知音总是独来独往,欣然会心,掩卷默想,甚至隔代低首,对碑沉吟。知音的信念来自深刻的体会,充分的了解。知音与天才的关系有如信徒与神,并不需要"现场",因为寸心就是神殿。

　　粉丝则不然。这种高速流动的族群必须有一个现场,更因人多而激动,拥挤而歇斯底里,群情不断加温,只待偶像忽然出现而达于沸腾。所以我曾将 teenager 译为"听爱挤"。粉丝对偶像的崇拜常因亲近无门而演为"恋物癖",表现于签名,握手,合影,甚至索取、夺取"及身"的纪念品。披头士的粉丝曾分撕披头士的床单留念;汤姆·琼斯的现场听众更送上手绢给他拭汗,并即将汗湿的手绢收回珍藏。据说小提琴神手帕格尼尼的听众,也曾伸手去探摸他的躯体,求证他是否真如传说所云,乃魔鬼化身。其实即便是宗教,本应超越速朽的肉身,也不能全然摆脱"圣骸"(sacred relics)的崇拜。佛教的佛骨与舍利子,基督的圣杯,都是例子,东正教的圣像更是一门学问。

"知音"一词始于春秋:楚国的俞伯牙善于弹琴,唯有知己钟子期知道他意在高山抑或流水。子期死后,伯牙恨世无知音,乃碎琴绝弦,终身不再操鼓。孔子对音乐非常讲究,曾告诫颜回说,郑声淫,不可听,应该听舜制的舞曲韶。可是《论语》又说:"子在齐闻韶,三月不知肉味,曰:'不图为乐之至于斯也!'"这么看来,孔子真可谓知音了,但是竟然三月不知肉味,岂不成了香港人所说的"发烧友"了?孔子或许是最早的粉丝吧。今日的乐迷粉丝,不妨引圣人为知音,去翻翻《论语》第七章《述而》吧。

不惜歌者苦
但伤知音稀

粉丝已经够多了,且待更多的知音。

二〇〇六年十月

不朽与成名

在唐朝的诗人之中,杜牧的成就当然不能比肩李白、杜甫,但是他的好几首七绝,李白、杜甫也未必写得出来。其中《寄扬州韩绰判官》:"青山隐隐水迢迢,秋尽江南草未凋。二十四桥明月夜,玉人何处教吹箫?"是我的最爱,小时候一读就已倾心,直到现在。若问我什么原因,却又说不出来,只直觉诗境自远而近,远景空阔,近景透明,到了诗末,更有余音袅袅。以"隐隐"、"迢迢"的双叠起句,更以"尽"呼应"隐隐",以"凋"、"桥"、"教"、"箫"再三呼应"迢迢",韵感十分充沛。小时候读唐诗,不耐烦细看注解。二十四桥究竟是哪二十四座呢,不少版本都详列了出来,令人扫兴极了。知道了那么多桥名,对诗意有什么帮助呢?七年前我在扬州游瘦西湖,当地人才告诉我,所谓二十四桥其实只是一座桥,就叫"二十四桥",又名"红药桥"。我听后大失所望。小时初读,还以为真有二十四座桥,月色无边,桥影遥遥相接,每座桥上有一美人,在风流的韩判官调教之下,箫声此起彼落,呼应有致,凌波而来呢。原来桥仅一座,玉人却有二十四位,当然全是歌伎,也就是"楚腰纤细"的青楼中人,而所谓"玉人"也可以是称判官而已。

不过,诗意虽然如此迷离,意境却是极其美的。就像"雁声远过潇湘去,十二楼中月自明"与"南朝四百八十寺,多少楼台烟雨中"一样,有一种迷幻不定之美。说来说去,真正的赢家还是韩绰,在月色箫声之中,他的风流形象一直传到今天。他,不朽了,美名永不磨灭。不过他的不朽并不等于成名。成名的是杜牧,但韩绰跟着不朽。常人要不朽,绝非易事,但诗人的朋友什么都不必做,就可以随着诗人传后。天下竟有这么上算的事情。可是,同样列名于名诗,也不一定总是这么风光。例如綦毋潜,虽然上了《唐诗三百首》的篇名:《送綦毋潜落第还乡》,不管王维写得多么委婉,却再也摆不脱"落第生"的负面印象了。

中国古典诗中,朋友赠答之作特多,反映诗人公开的活动空间,是一男性社会,但不便公开的异性关系,就得隐藏于"无题"、"有赠"之中。同性文友之间,常称对方为某家老几。例如李白、高适就称杜甫为杜二,意即杜家排行老二:乃有李诗《鲁郡东石门送杜二甫》,高诗《人日寄杜二拾遗》。同样地,王维诗《渭城曲》原名《送元二使安西》,也即元家老二之意。不过杜甫昵称杜二,人人皆知,元二是何许人,却不知其名。《渭城曲》太有名了,元二也因此不朽。但是元二的不朽却与韩绰不同,因为只知他是元家兄弟,却未得其全名,所以并非"成名",只算半隐半现的不朽。杜甫也有《送元二适江左》一诗,但是适江左梓州是东行,渭城去安西却朝西远征,相距太远,所以这两位元二恐非一人。

杜甫有名的五古《赠卫八处士》,其中的卫八也不知全名,所以也只算一半不朽,不算成名。我不禁想起,如果是王家的老八,又该怎样称呼呢? 果然在《全唐诗》中找到高适有一首诗,叫《赠王八员外》。这太好笑了,因此也可推论,骂人王八,该是唐朝以后的说法。

白居易的五绝名作《问刘十九》:"绿蚁新醅酒,红泥小火炉。晚来天欲雪,能饮一杯无? "酒香诱客,友情感人,这位刘十九终于有未应召,并不重要,但他收到的召饮简讯,却是千古无比的重礼,令天下的馋肠垂涎至今。白居易温了酒,送了诗,却成全刘十九诗、酒并享,而且永垂不朽,羡煞了天下的诗友、酒伴。

不过,并非人人入诗皆成不朽。必须诗先不朽然后入诗的人才能跟着不朽;至于无名的诗,平庸的诗,更不提歪诗、劣诗了,即使有所题赠,也不会令受者扬名传后。就连大诗人的作品,也未必篇篇众口竞传。李白再三赠诗给岑勋与元丹丘,不但见于《将进酒》,还见于《鸣皋歌送岑征君》与《西岳云台歌送丹丘子》等篇,真是够交情了,却仍不及韩绰判官在"二十四桥明月夜,玉人何处教吹箫"句中那么风流可羡。倒是"烟花三月下扬州"的孟浩然,与"桃花潭水深千尺"的汪伦,形象生动难忘:孟浩然自己本已有名,无须仰赖谪仙以传,可是"烟花三月下扬州"的酷态,才能教孟夫子"风流天下闻",而孟夫子自己的诗却无如此洒脱。受益更多的恐怕还是汪伦,本身原来不足传后,只因招待的是李白,外加到岸边踏歌送行,轻轻松松,就流芳千古了。至于一饭有恩的老太婆:《宿五松山下荀媪家》,一醉难忘的老头子:《哭宣城善酿纪叟》,根本想不到什么朽与不朽,却因谪仙感恩题诗,竟以漂母、杜康之姿传后了。

另一种情况是:诗人的朋友虽然有幸被题咏入诗,但诗中所咏未必是恭维,甚至不幸是嘲弄。例如光、黄之间的隐士陈季常,在苏东坡的《方山子传》中是一位亦儒亦侠的性情中人,但入了东坡的诗《寄吴德仁兼简陈季常》,就变成一个惧内的丈夫。东坡说他"龙丘居士亦可怜,谈空说有夜不眠。忽闻河东狮子吼,拄杖落手心茫然。"从此"季常癖"竟成了怕老婆的婉词。

最不幸的,是做了诗人的敌人,因而入了他的讽刺诗,永以负面形象传后。例如三流诗人谢德威尔(Thomas Shadwell)入了朱艾敦的讽刺诗《麦克·佛拉克诺》(Mac FlecKnoe),就成了庸才麦克·佛拉克诺亲点的继承人,去接荒谬帝国的王位。又如桂冠诗人沙赛(Robert Southey),不但得罪了少年气盛的拜伦,抑且对精神失常的英王乔治三世歌颂太甚,终于落入拜伦的讽刺长诗《帝阍审判记》(*The Vision of Judgement*),为助乔治三世进入天国而诵颂诗,竟使众魂掩耳逃难,而自身也被推落湖区,为天下所笑。这样的受辱难谓"不朽",更非"成名",绝非"流芳",只算"遗臭"。沙赛当然不是大诗人,他的诗倒也并不是一无是处,他的散文作品如《纳尔逊传》更不失为佳作。沙赛之失算在于低估了拜伦的才气与脾气,便贸然在歌颂乔治的长诗(题目也是《帝阍审判记》,*The Vision of Judgement*)中先向拜伦挑战,把他和雪莱称为"恶魔诗派",反而激起了拜伦的豪气,即沿用沙赛原题挥戈反击,令沙赛在神鬼之间诵诗出丑。拜伦此诗传后至今,已经公认为一篇杰作,与《唐璜》共同奠定拜伦讽刺大家的地位。沙赛原诗却已无人问津了。两诗较力,赢的是好诗。沙赛成了一大输家,灰头土脸,比韩绰判官和刘十九,逊得多了。

二〇〇八年九月

长未必大，短未必浅

孟德斯鸠曾说："演说家深度不足，每用长度来补偿。"这就苦了无辜的听众了。其实以短取胜，并不限于演讲，更包括不少需要急智的场合，例如答问、题词、解嘲、说笑话等等。近年去大陆访问，往往被迫当众题词，而游罢名胜古迹，亭台楼阁之间，也每每要面对文房四宝，骑虎之势，不得不当众挥毫。因此登临的快意不免扫兴。事前固然可以稍作准备，不过常常不合现场的真相，倒是临时即兴，却每得佳句。这可能就是所谓"厚积薄发"吧。

最轻松的一次，是在闽侯的"冰心纪念馆"。我题了四个字："如在玉壶"。观众不料题词这么短，但很快就悟出是取自王昌龄的"一片冰心在玉壶"，乃报以由衷的掌声。

常德在沅江的堤岸上设有诗墙，上刻古今名诗，长达二点七公里。洛夫、郑愁予和我的作品亦在其列。主人索题，我大书"诗国长城"四字，意犹未尽，又添了两句副题："外抗洪水，内御时光"。观者再度鼓掌。

桂林东北有灵渠，秦始皇为进攻百越而下令开凿，既便舟楫，又兴水利,乃有湘漓同源之说。我讨巧题了一句"一点灵犀通灵渠"。近日游客回台,告诉我还见到这题字。

成都的武侯祠,我是这样题的:"魏王无庙,武侯有祠,涕泣一表,香火万世。"近日报载:曹操还是有庙的,可是遭人盗墓,显得凌乱,枉自算尽机关。

今年端午,秭归邀我参加祭吊屈原的盛典。萧萧、游唤、陈宪仁及明德大学的汪大永校长、罗文玲院长也参加了文化论坛。我在典礼上朗诵了为这场合新写的第七首颂屈之诗:《秭归祭屈原》,诗长八十六行,六分钟才诵毕。事后又去宜昌的三峡大学演讲。校方安排我和流沙河、李元洛参观博物馆的古文物。流沙河题:"楚人失之,楚人得之。"我用其意而稍加曲折,题为"楚人失之者,湖北人得之",把大家逗笑了。

大陆许多报刊访问过我,当然也向我索题。题得太多,大半都已忘记。印象较深的是为河南《寻根》双月刊所题:"根索水而入土,叶追日而上天。"今年端午,为《三峡商报》题的是:"商道唯诚,报导唯真。""报导"当然也暗喻"报道"。为武汉的《楚天都市报》,我的题词是:"愿汉水长流,楚天更阔。"

不少景点的主管索题,我往往就写:"最美丽的辖区,最风雅的责任。"这两句话简直可以通行天下。至于为观众签名,如有坚持索讨题句,近年我常写的是这样的美学:"曲高未必和寡,深入何妨浅出。"有时偷懒,就题:"文以会友,诗以结缘。"较长的题句也包括:"唯你的视线无限,能超越地平线的有限。"如果写信给高中生,就会有这样的句子:"中学乃学问之上游,上游清则下游畅。"近日朋友的女儿考取艺术大学,朋友要我赠句勉励。我欣然題下:"以身许美,从艺而终。"

我在中山大学已有二十五年,为学校题句无数,马克杯上、骨瓷杯上、磨砂杯上、铅笔上、运动衫上、伞上,甚至薪俸通知单上,都有我的题句。骨瓷杯上那首《西湾黄昏》已经收入诗集《高楼对海》。磨砂杯上,从左到右有两句连环成诗:"这世界待你向前推动,像杯子旋转在你掌中。"诗读完了,杯子也在你掌中转了一圈,不无创意吧? 二十周年校庆正值二〇〇〇年,运动衫上乃有我题的:"二十岁的活力,两千年的新机。"伞上题的小诗必定会逗路人一笑,全是短句:"撑伞,是出发/收伞,是到家/带伞,是先见/掉伞,是常情/借伞,是借口/还伞,是有心/共伞,跟谁呢? /当心,是缘分! "

我文章里的一句话:"蓝墨水的上游是汨罗江",湖南人常常引用,二〇〇五年端午汨罗市的街上,到处有红底白字的跨街布条,用这句话向屈原致敬。

星云大师展出他有名的"一笔书法"。我以一联相赠:"一笔贯日月,八方悬星云。"于右任一百三十冥诞纪念,陆炳文嘱我题句,我报以"遗墨淋漓长在壁,美髯倜傥犹当风"。泉州新建"闽台缘博物馆",展出我的《乡愁》一诗,并向我索题。我报以"香火长传妈祖庙,风波不阻闽台缘"。

现实生活有时候激发了灵感,不待纸笔,就口占了出来。一九九四年和高天恩、欧茵西、隐地等去布拉格,会后沿街选购水晶精品,兴致越来越 high,但也有人这件嫌贵,那件嫌重,沉吟不决。我随口编了一首劝购歌鼓舞士气,歌曰:

昨天太穷

后天太老

今天不买

明天懊恼

同伴传诵之余,也就不管悭囊之轻,行李之重,尽兴买下去了。

有时候成语活用或是改编,也颇有趣。这种因旧生新,化凡为巧的戏拟体,也不失为锻炼想象。例如讲学归来,平添了许多赠书与厚礼,说是"满载而归",其实行李超重,打包不易,应该叫做"积重难返"。又如"朝秦暮楚",不必专指反复无常了,也可以移来形容空姐吧。若嫌秦楚格局太小,不妨改用"欧风美雨"。依此类推,"杞人忧天"也不必是负面之词,反而有正面的环保先见了。美国前副总统戈尔不正是今之杞人吗?他如"近墨者黑"一词,常令我联想到猫王普雷斯利演唱时的肢体语言,是来自从小习于黑人的蓝调,尤其是学恰克·贝瑞的"抖膝功"。"迈克尔雄风"则是我将迈克尔风扭曲得来。许多人演讲,不懂如何对待迈克尔风,一味凑近去猛吼,还自以为雄风震耳呢。

我自己的文章里,不时也有一些片段,可以独立于上下文之外,有自己的生命。这些句子都不超过七十个字,合于"短讯"的规格。例如:"光,像棋中之车,只能直走;声,却像棋中之炮,可以飞越障碍而来。我们注定了要饱受噪声的迫害。"又如:"善言,能赢得观众。善听,才赢得朋友。"

二〇一〇年六月

第三辑　小品文

论夭亡

"一死生为虚诞,齐彭殇为妄作"。梦蝶人的境界,渺渺茫茫,王羲之尚且不能喻之于怀,何况魏晋已远,二十世纪的我们。为寿为夭,本来不由我们自己决定。自历史看来,夭者不过"早走一步"[①],但这一步是从生到死,所以对于早走这么一步的人,我们最容易动悲悯之情。就在前几天,去吊这么一位夭亡的朋友,本来并不准备掉泪,但是目送枢车载走他的薄棺,顿然感到天地寂寞,日月无聊,眼睛已经潮湿。盛筵方酣,有一位来宾忽然要早走,大家可能怪他无礼,而对于一位夭者,我们不但不怪他,反而要为他感伤,原因是他这一走,不但永不回来,而且也不会再听见他的消息了。

不过,夭亡也不是全无好处的。老与死,是人生的两大恐惧,但是夭者至少免于其一。虽说智慧随老年俱来,但体貌衰于下的

---

① 所谓"早走一步",是梁实秋先生谐语。《雅舍小品》笔法,不敢掠美,附志于此。

那种痛苦和死亡日近的那种自觉,恐怕不是智慧所能补偿的吧。夭者在"阳寿"上虽然吃了一点亏,至少他免了老这一劫。不仅如此,在后人的记忆或想象之中,他永远是年轻的。寿登耄耋的人,当然也曾经年轻过,只是在后人的忆念之中,总是以老迈的姿态出现。至少在我的印象里,弗罗斯特总是一位老头子。可是想起雪莱的时候,我似乎总是看到一位英姿勃发的青年,因为他从来没有老过,即使我努力要想象一个龙钟的雪莱,也无从想象起。事实上,以"冥寿"而言,雪莱至少比弗罗斯特老八十多岁,也就是说,做后者的曾祖父都有余。可是在我们心中,雪莱是青年,弗罗斯特是老叟。

那是因为死亡,奇异而神秘的雕刻家,只是永恒的一个助手。在他神奇的一触下,年轻的永远是年轻,年老的永远是年老。尽管最后凡人必死,但王勃死后一直年轻,一直年轻了一千多年,而且以后,无论历史延伸到多久,他再也不会变老了。白居易就不同,因为他已经老了一千多年,而且将永远老下去,在后人的心中。就王勃而言,以生前的数十年换取身后千年,万年,亿万年的年轻形象,实在不能算是不幸。所以死亡不但决定死,也决定生的形象;而夭亡,究竟是幸,是不幸,或是不幸中之大幸,恐怕不是常人所能决定的吧?

一九六八年十一月

朋友四型

　　一个人命里不见得有太太或丈夫,但绝对不可能没有朋友。即使是荒岛上的鲁滨孙,也不免需要一个"礼拜五"。一个人不能选择父母,但是除了鲁滨孙之外,每个人都可以选择自己的朋友。照说选来的东西,应该符合自己的理想才对,但是事实又不尽然。你选别人,别人也选你。被选,是一种荣誉,但不一定是一件乐事。来按你门铃的人很多,岂能人人都令你"喜出望外"呢?大致说来,按铃的人可以分为下列四型:

　　第一型,高级而有趣。这种朋友理想是理想,只是可遇而不可求。世界上高级的人很多,有趣的人也很多,又高级又有趣的人却少之又少。高级的人使人尊敬,有趣的人使人欢喜,又高级又有趣的人,使人敬而不畏,亲而不狎,交接愈久,芬芳愈醇。譬如新鲜的水果,不但甘美可口,而且富于营养,可谓一举两得。朋友是自己的镜子。一个人有了这种朋友,自己的境界也低不到哪里去。东坡先生杖履所至,几曾出现过低级而无趣的俗物?

　　第二型,高级而无趣。这种人大概就是古人所谓的诤友,甚至畏友了。这种朋友,有的知识丰富,有的人格高超,有的呢,"品学兼优"像一个模范生,可惜美中不足,都缺乏那么一点儿幽默感,活泼不起来。你总觉得,他身上有那么一个窍没有打通,因此无法豁然恍然,具备充分的现实感。跟他交谈,既不像打球那样,你来我往,此呼彼应,也不像滚雪球那样,把一个有趣的话题愈滚愈大。精力过人的一类,只管自己发球,不管你接不接得住。消极的一类则以逸待劳,难得接你一球两球。无论对手是积极或消极,总之该你捡球,你不捡球,这场球是别想打下去的。这种畏友的遗憾,在于趣味太窄,所以跟你的"接触面"广不起来。天下之大,他从城南到城北来找你的目的,只在讨论"死亡在法国现代小说中的特殊意义",或是"爱斯基摩人对于性生活的态度"。为这种畏友捡一晚上的球,疲劳是可以想见的。这样的友谊有点像吃药,太苦了一点。

　　第三型,低级而有趣。这种朋友极富娱乐价值,说笑话,他最黄;说故事,他最像;消息,他最灵通;关系,他最广阔;好去处,他都去过;坏主意,他都打过。世界上任何话题他都接得下去,至于怎么接法,就不用你操心了。他的全部学问,就在不让外行人听出他没有学问。至于内行人,世界上有多少内行人呢? 所以他的马脚在许多客厅和餐厅里跑来跑去,并不怎么露眼。这种人最会说话,餐桌上有了他,一定宾主尽欢,大家喝进去的美酒还不如听进去的美言那么"沁人心脾"。会议上有了他,再空洞的会议也会显得主题正确,内容充沛,没有白开。如果说,第二型的朋友拥有世界上全部的学问,独缺常识,这一型的朋友则恰恰相反,拥有世界上全部的常识,独缺学问。照说低级的人而有趣味,岂非低级趣味,你竟能与他同乐,岂非也有低级趣味之嫌?不过人性是广阔的,谁能保证自己毫无此种不良的成分呢?如果要你做鲁滨孙,你会选第三型还是第二型的朋友做"礼拜五"呢?

第四型,低级而无趣。这种朋友,跟第一型的朋友一样少,或然率相当之低。这种人当然自有一套价值标准,非但不会承认自己低级而无趣。恐怕还自以为又高级又有趣呢?然则,余不欲与之同乐矣。

一九七二年五月

幽默的境界

据说秦始皇有一次把他的苑囿扩大,大得东到函谷关,西到今天的凤翔和宝鸡。宫中的弄臣优旃说:"妙极了!多放些动物在里面吧。要是敌人从东边打过来,只要教麋鹿用角去抵抗,就够了。"秦始皇听了,就把这计划搁了下来。

这么看来,幽默实在是荒谬的解药。委婉的幽默,往往顺着荒谬的逻辑夸张下去,使人领悟荒谬的后果。优旃是这样,淳于髡、优孟是这样,包可华也是这样。西方有一句谚语,大意是说:解释是幽默的致命伤,正如幽默是浪漫的致命伤。虚张声势,故做姿势的浪漫,也是荒谬的一种,凡事过分不合情理,或是过分违背自然,都构成荒谬。荒谬的解药有二:第一是坦白指摘,第二是委婉讽喻,幽默属于后者。什么时候该用前者,什么时候该用后者,要看施者的心情和受者的悟性。心情好,婉说;心情坏,直说。对聪明人,婉说;对笨人,只有直说。用幽默感来评人的等级,有三等。第一等有幽默的天赋,能在荒谬里觑见幽默。第二等虽不能创造幽默,却多少能领略别人的幽默。第三等连领略也无能力。第一等是先知先觉,第二等是后知后觉,第三等是不知不觉。如果幽默感是磁性,第一等便是吸铁石,第二等是铁,第三等便是一块木头了。这么看来,秦始皇还勉强可以归入第二等,至少他领略了优旃的幽默感。

第三等人虽然没有幽默感,对于幽默仍然很有贡献,因为他们虽然不能创造幽默,却能创造荒谬。这世界,如果没有妄人的荒谬表演,智者的幽默岂不失去依据?晋惠帝的一句"何不食肉糜"惹中国人嗤笑了一千多年。晋惠帝的荒谬引发了我们的幽默感:妄人往往在不自知的情况下,牺牲自己,成全别人,成全别人的幽默。

虚妄往往是一种膨胀作用,相当于螳臂当车,蛇欲吞象。幽默则是一种反膨胀(deflationary)作用,好像一帖泻药,把一个胖子泻成一个瘦子那样。可是幽默并不等于尖刻,因为幽默针对的不是荒谬的人,而是荒谬本身。高度的幽默往往源自高度的严肃,不能和杀气、怨气混为一谈。不少人误认尖酸刻薄为幽默,事实上,刀光血影中只有恨,并无幽默。幽默是一个心热手冷的开刀医生,他要杀的是病,不是病人。

把英文 humour 译成幽默,是神来之笔。幽默而太露骨嚣张,就失去了"幽"和"默"。高度的幽默是一种讲究含蓄的艺术,暗示性愈强,艺术性也就愈高。不过暗示性强了,对于听者或读者的悟性,要求也自然增高。幽默也是一种天才,说幽默的人灵光一闪,绣口一开,听幽默的人反应也要敏捷,才能接个正着。这种场合,听者的悟性接近禅的"顿悟",高度的幽默里面,应该隐隐含有禅机一类的东西。如果说者语妙天下,听者一脸茫然,竟要说者加以解释或者再说一遍,岂不是天下最扫兴的事情? 所以说,"解释是幽默的致命伤"。世界上有两种话必须一听就懂,因为其言不堪重复:第一是幽默的话,第二是恭维的话。最理想也是最过瘾的配合,是前述"幽默境界"的第二等人围听第一等人的幽默:说的人说得精彩,听的人也听得尽兴,双方都很满足。其他的配合,效果就大不相同。换了第一等人面对第三等人,一定形成冷场,且令说者懊悔自己"枉抛珍珠付群猪"。不然便是第二等人面对第一等人而竟想语娱四座,结果因为自己的"幽默境界"欠高,只赢得几张生硬的笑容。要是说者和听者都是第一等人呢?"顿悟"当然不成问题,只是语锋相对,机心竞起,很容易导致"幽默比赛"的紧张局面。万一自己舌翻谐趣,刚刚赢来一阵非常过瘾的笑声,忽然邻座的一语境界更高,利用你刚才效果的余势,飞腾直上,竟获得更加热烈的反应和更为由衷的赞叹,则留给你的,岂不是一种"第二名"的苦涩之感?

　　幽默,可以说是一个敏锐的心灵,在精神饱满生趣洋溢时的自然流露。这种境界好像行云流水,不能作假,也不能苦心经营,事先筹备。世界上有的是荒谬的事,虚妄的人,诙谐天成的心灵,自然左右逢源,取用不尽。幽默最忌的便是公式化,譬如说到丈夫便怕老婆,说到教授便缺乏常识,提起官吏,就一定要刮地皮。公式化的幽默很容易流入低级趣味,就像公式化的小说中那些人物一样,全是欠缺想象力和观察力的产品。我有一个远房的姨丈,远房的姨丈有几则公式化的笑话,那几则笑话有一个忠实的听众,他的太太。丈夫几十年来翻来覆去说的,总是那几则笑话,包括李鸿章吐痰韩复榘训话等等,可是太太每次听了,都像初听时那样好笑,令丈夫的发表欲得到充分的满足。夫妻两人显然都很健忘,也很快乐。

一个真正幽默的心灵,必定是富足,宽厚,开放,而且圆通的。反过来说,一个真正幽默的心灵,绝对不会固执己见,一味钻牛角尖,或是强词夺理,疾言厉色。幽默,恒在俯仰指顾之间,从从容容,潇潇洒洒,浑不自觉地完成:在一切艺术之中,幽默是距离宣传最远的一种。"舍我其谁"的英雄气概和幽默是绝缘的。宁曳尾于涂中,不留骨于堂上;非梧桐之不止,岂腐鼠之必争?庄子的幽默是最清远最高洁的一种境界,和一般弄臣笑匠不能并提。真正幽默的心灵,绝不抱定一个角度去看人或看自己,他不但会幽默人,也会幽默自己,不但嘲笑人,也会释然自嘲,泰然自贬,甚至会在人我不分物我交融的忘我境界中,像钱钟书所说的那样,欣然独笑。真具幽默感的高士,往往能损己娱人,参加别人来反躬自笑。创造幽默的人,竟能自备荒谬,岂不可爱?吴炳钟先生的语锋曾经伤人无算。有一次他对我表示,身后当嘱家人在自己的骨灰坛上刻"原谅我的骨灰"(Excuxe my dust.)一行小字,抱去所有朋友的面前谢罪,这是吴先生二十年前的狂想,不知道他现在还要不要那样做?这种狂想,虽然有资格列入《世说新语》的任诞篇,可是在幽默的境界上,比起那些扬言愿捐骨灰做肥料的利他主义信徒来,毕竟要高一些吧。

其他的东西往往有竞争性,至少幽默是"水流心不竞"的。幽默而要竞争,岂不令人啼笑皆非?幽默不是一门三学分的学问,不能力学,只可自通,所以"幽默专家"或"幽默博士"是荒谬的。幽默不堪公式化,更不堪职业化,所以笑匠是悲哀的。一心一意要逗人发笑,别人的娱乐成了自己的责任,那有多么紧张?自生自发无为而为的一点谐趣,竟像一座发电厂那样日夜供电,天机沦为人工,有多乏味?就算姿势升高,幽默而为大师,也未免太不够幽默了吧。文坛当有论争,唯"谐坛"不可论争。如果有一个"幽默协会",如果会员为了竞选"幽默理事"而打起架来,那将是世界上最大的荒唐,不,最大的幽默。

一九七二年六月

茱萸之谜

　　茱萸在中国诗中的地位，是十分特殊的。屈原在《离骚》里曾说："椒专佞以慢慆兮，樧又欲充夫佩帏。"显然认为樧是不配盛于香囊佩于君子之身的一种恶草。樧，就是茱萸。千年之后，到了唐人的笔下，茱萸的形象已经大变。王维的"遥知兄弟登高处，遍插茱萸少一人"，杜甫的"明年此会知谁健，醉把茱萸仔细看"，都是吟咏重阳的名句。屈原厌憎的恶草，变成了唐人亲近的美饰，其间的过程，是值得追究一下的。

　　重九，是中国民俗里很富有诗意的一个节日，诸如登高，落帽，菊花，茱萸等等，都是惯于入诗的形象。登高的传统，一般都认为是本于《续齐谐记》所载的这么一段："汝南桓景随费长房游学累年。长房谓曰：'九月九日，汝家中当有灾。宜急去，令家人各作绛囊，盛茱萸以系臂，登高饮菊花酒，此祸可除。'景如言，齐家登山。夕还，见鸡犬牛羊一时暴死。长房闻之曰：'此可代也。'今世人九日登高饮酒，妇人带茱萸囊，盖始于此。"

　　重九的吟诗传统,大概是晋宋之间形成的。二谢戏马台登高赋诗,孟嘉落帽,陶潜咏菊,都是那时传下来的雅事。唯独茱萸一事似乎是例外。《续齐谐记》的作者是梁朝人吴均,而桓景和费长房相传是东汉时人。根据《续齐谐记》的说法,登高,饮菊花酒,带茱萸囊,这些习俗到梁时已颇盛行,但其起源则在东汉。可是《西京杂记》中贾佩兰一段,却说汉高祖宫人"九月九日佩茱萸,食蓬饵,饮菊华酒,令人长寿"。此说假如可信,则重九的习俗更应从东汉上推以至于汉初了。但无论我们相信《西京杂记》或是《续齐谐记》,最初佩戴茱萸的,似乎只是女人。不但如此,南北朝的诗中,也绝少出现咏茱萸之作。

　　到了唐朝,情形便改观了。茱萸不但成为男人的美饰,更为诗人所乐道。当时的女人仍佩此花,但似乎渐以酒姬为主,称为茱萸女,张谔诗中便曾见咏。王维所谓"遍插茱萸",说明男子佩花之盛。杜甫所谓"醉把茱萸",可能是指茱萸酒。重九二花,菊与茱萸,菊花当然更出风头,因为它和陶渊明缘结不解,而茱萸,在屈原一斥之后,却没有诗人特别来捧场。虽然如此,茱萸在唐诗里面仍然是很受注意的重阳景物。杜甫全集里,咏重九的十四首诗中便三次提到茱萸。李白的诗句:

九日茱萸熟
插鬓伤早白

说明此树的红实熟于重九,可以插在鬓边。佩戴茱萸的方式,可谓不一而足,或如赵彦伯所谓"簪挂丹萸蕊",或如陆景初所谓"萸房插缙绅"。至于李峤的"萸房陈宝席"和杜甫的"缀席茱萸好",则是陈花于席,而李乂的"捧箧茱香遍"该是分传花房或赤果。储光羲的"九日茱萸飨六军",恐怕是指茱萸酒,而不是指花。

我想佩缀茱萸之风大盛于唐,大概是宫廷倡导所致。当时每逢重阳佳节,皇帝常常率领一班文臣登高赋诗,同时把一枝枝的茱萸分赠群臣作佩饰,算是辟邪消灾,应付桓景的故事。翻开《全唐诗》,多的是《九月九日幸临渭亭登高应制》或者《九月九日登慈恩寺浮图应制》一类的诗题。这一类的诗,无非"菊彩扬尧日,萸香绕舜风","宠极萸房遍,恩深菊酎馀"的颂词,绝少文学价值。一般说来,应制诗常提到此花,反之则少提及,可见宫廷行重九之令,一定备有此花。杜甫五律《九日》末二句"茱萸赐朝士,难得一枝来",指的正是这件事。到了陆游的诗句"但忆社醅掊菊蕊,敢希朝士赐萸枝",恐怕只是偷杜甫之句,不是写实了。

只要看唐代"茱萸赐朝士"之盛,便可以想见汉代宫人佩花之说或非虚构。汉高祖时不可能流行桓景的故事,而《西京杂记》中所言重九种种也并无登高之说。原来茱萸辟邪除害,并非纯由传说,乃有医学根据。我们统称为"茱萸"的植物,其实更分为三类:山茱萸属山茱萸科,吴茱萸和食茱萸则属芸香科,功能杀虫消毒,逐寒去风。李时珍《本草纲目》里说,井边种植此树,叶落井中,人饮其水,得免瘟疫。至于说什么"悬其子于屋,辟鬼魅",自然是迷信,大概是取其味辛性烈之意,正如西洋人迷信大蒜可以逐魔吧。郭震所谓"辟恶茱萸囊,延年菊花酒",正是此意。除此之外,吴茱萸还可以"起阳健脾",山茱萸更能"补肾气,兴阳道,坚阴茎,添精髓,安五脏,通九窍"。不知这些功用和此物大盛于唐有没有关系?据说茱萸之为物,不但花、茎、叶、实均可入药,还可制酒。白居易所谓"浅酌茱萸杯",恐怕正是这种补酒。

214

　　食茱萸的别名,有樧、䓶、越椒等多种。古人以椒、樧、姜为"三香",到了明朝,樧已罕用,现代人则只用椒与姜,不知茱萸为何物了。但在《礼记》里,三牲即已用茱萸来调味去腥。《吴越春秋》更说:"越以甘蜜丸樧报吴赠封之礼",可见早在屈原之前,茱萸已成国之间相赠的礼品了。然则众人之所贵,何以独独见鄙于屈原呢? 可能茱萸味特辛辣,"蛰口惨腹",不合屈原口味,甚至引起过敏之症,也未可知。曹植诗句:"茱萸自有芳,不若桂与兰",也许正说中了此意。

一九七六年九月

沙田山居

　　书斋外面是阳台,阳台外面是海,是山,海是碧湛湛的一弯,山是青郁郁的连环。山外有山,最远的翠微淡成一袅青烟,忽焉似有,再顾若无,那便是,大陆的莽莽苍苍了。日月闲闲,有的是时间与空间。一览不尽的青山绿水,马远夏圭的长幅横披,任风吹,任鹰飞,任渺渺之目舒展来回,而我在其中俯仰天地,呼吸晨昏,竟已有十八个月了。十八个月,也就是说,重九的陶菊已经两开,中秋的苏月已经圆过两次了。

　　海天相对,中间是山,即使是秋晴的日子,透明的蓝光里,也还有一层轻轻的海气,疑幻疑真,像开着一面玄奥的迷镜,照镜的不是人,是神。海与山绸缪在一起,分不出,是海侵入了山间,还是山诱俘了海水,只见海把山围成了一角角的半岛,山呢,把海围成了一汪汪的海湾。山色如环,困不住浩渺的南海,毕竟在东北方缺了一口,放樯桅出去,风帆进来。最是晴艳的下午,八仙岭下,一艘白色渡轮,迎着酣美的斜阳悠悠向大埔驶去,整个吐露港平铺着千顷的碧蓝,就为了反衬那一影耀眼的洁白。起风的日子,海吹成了千亩蓝田,无数的百合此开彼落。到了夜深,所有的山影黑沉沉都睡去,远远近近,零零落落的灯全睡去,只留下一阵阵的潮声起伏,永恒的鼾息,撼人的节奏撼我的心血来潮。有时十几盏渔火赫然,浮现在阒黑的海面,排成一弯弧形,把渔网愈收愈小,围成一丛灿灿的金莲。

　　海围着山,山围着我。沙田山居,峰回路转,我的朝朝暮暮,日起日落,月望月朔,全在此中度过,我成了山人。问余何事栖碧山,笑而不答,山已经代我答了。其实山并未回答,是鸟代山答了,是虫,是松风代山答了。山是禅机深藏的高僧,不轻易开口的。人在楼上倚栏杆,山列坐在四面如十八尊罗汉叠罗汉,相看两不厌。早晨,我攀上佛头去看日出,黄昏,从联合书院的文学院一路走回来,家,在半山腰上等我,那地势,比佛肩要低,却比佛肚子要高些。这时,山什么也不说,只是争噪的鸟雀泄漏了他愉悦的心境。等到众鸟栖定,山影茫然,天籁便低沉下去,若断若续,树间的歌者才歇下,草间的吟哦又四起。至于山坳下面那小小的幽谷,形式和地位都相当于佛的肚脐,深凹之中别有一番谐趣。山谷是一个爱音乐的村女,最喜欢学舌拟声,可惜太害羞,技巧不很高明。无论是鸟鸣犬吠,或是火车在谷口扬笛路过,她都要学叫一声,落后半拍,应人的尾音。

　　从我的楼上望出去,马鞍山奇拔而峭峻,屏于东方,使朝暾姗姗其来迟。鹿山巍然而逼近,魁梧的肩膂遮去了半壁西天,催黄昏早半小时来临,一个分神,夕阳便落进他的僧袖里去了。一炉晚霞,黄铜烧成赤金又化做紫灰与青烟,壮哉崦嵫的神话,太阳的葬礼。阳台上,坐看晚景变幻成夜色,似乎很缓慢,又似乎非常敏捷,才觉霞光烘颊,余曛在树,忽然变生咫尺,眈眈的黑影已伸及你的肘腋,夜,早从你背后袭来。那过程,是一种绝妙的障眼法,非眼睫所能守望的。等到夜色四合,黑暗已成定局,四围的山影,重甸甸阴森森的,令人肃然而恐。尤其是西屏的鹿山,白天还如佛如僧,蔼然可亲,这时竟收起法相,庞然而踞,黑毛茸蒙如一尊暗中伺人的怪兽,隐然,有一种潜伏的不安。

千山磅礴的来势如压,谁敢相撼? 但是云烟一起,庄重的山态便改了。雾来的日子,山变成一座座的列屿,在白烟的横波回澜里,载浮载沉。八仙岭果真化做了过海的八仙,时在波上,时在弥漫的云间。有一天早晨,举目一望,八仙和马鞍和远远近近的大小众峰,全不见了,偶尔云开一线,当头的鹿山似从天隙中隐隐相窥,去大埔的车辆出没在半空。我的阳台脱离了一切,下临无地,在汹涌的白涛上自由来去。谷中的鸡犬声从云下传来,从夐远的人间。我走去更高处的联合书院上课,满地白云,师生衣袂飘然,都成了神仙。我登上讲坛说道,烟云都穿窗探首来旁听。

起风的日子, 一切云云雾雾的朦胧氤氲全被拭净, 水光山色,纤毫悉在镜里。原来对岸的八仙岭下,历历可数,有这许多山村野店,水浒人家。半岛的天气一日数变,风骤然而来,从海口长驱直入,脚下的山谷顿成风箱,抽不尽满壑的咆哮翻腾。踩躏着罗汉松与芦草,掀翻海水,吐着白浪,风是一群透明的猛兽,奔踹而来,呼啸而去。

海潮与风声,即使撼天震地,也不过为无边的静加注荒情与野趣罢了。最令人心动而神往的,却是人为的骚音。从清早到午夜,一天四十多班,在山和海之间,敲轨而来,鸣笛而去的,是九广铁路的客车,货车,猪车。曳着黑烟的飘发,蟠蜿着十三节车厢的修长之躯,这些工业时代的元老级交通工具,仍有旧世界迷人的情调,非协和的超音速飞机所能比拟。山下的铁轨向北延伸,延伸着我的心弦。我的中枢神经,一日四十多次,任南下又北上的千只铁轮轮番敲打,用钢铁火花的壮烈节奏,提醒我,藏在谷底的并不是洞里桃源,住在山上,我亦非桓景,即使王粲,也不能不下楼去:

　　　　栏杆三面压人眉睫是青山

　　　　碧螺黛迤逦的边愁欲连环

　　　　叠嶂之后是重峦,一层淡似一层

　　　　湘云之后是楚烟,山长水远

　　　　五千载与八万万,全在那里面……

　　　　　　　　　　　　一九七六年二月

夜读叔本华

　　体系博大思虑精纯的哲学名家不少，但是文笔清畅引人入胜的却不多见。对于一般读者，康德这样的哲学大师永远像一座墙峭堑深的名城，望之十分壮观，可惜警卫严密，不得其门而入。这样的大师，也许体系太大，也许思路太玄，也许只顾言之有物，不暇言之动听，总之好处难以句摘。所以翻开任何谚语名言的词典，康德被人引述的次数远比培根、尼采、罗素、桑泰耶纳一类哲人为少。叔本华正属于这澄明透彻易于句摘的一类。他虽然不以文采斐然取胜，但是他的思路清晰，文字干净，语气坚定，读来令人眼明气畅，对哲人寂寞而孤高的情操无限神往。夜读叔本华，一杯苦茶，独斟千古，忍不住要转译几段出来，和读者共赏。我用的是企鹅版英译的《叔本华小品警语录》(*Arthur Schopenhauer: Essays and Aphorisms*)：

　　"作家可以分为流星、行星、恒星三类。第一类的时效只在转瞬之间。你仰视而惊呼：'看哪！'——他们却一闪而逝。第二类是行星,耐久得多。他们离我们较近,所以亮度往往胜过恒星,无知的人以为那就是恒星了。但是他们不久也必然消逝,何况他们的光辉不过借自他人,而所生的影响只及于同路的行人(也就是同辈)。只有第三类不变,他们坚守着太空,闪着自己的光芒,对所有的时代保持相同的影响,因为他们没有视差,不随我们观点的改变而变形。他们属于全宇宙,不像别人那样只属于一个系统(也就是国家)。正因为恒星太高了,所以他们的光辉要好多年后才照到世人的眼里。"

叔本华用天文来喻人文,生动而有趣。除了说恒星没有视差之外,他的天文大致不错。叔本华的天文倒令我联想到徐霞客的地理。徐霞客在《游太华山日记》里写道:"未入关,百里外即见太华屹出云表;及入关,反为冈陇所蔽。"太华山就像一个伟人,要在够远的地方才见其巨大。世人习于贵古贱今,总觉得自己的时代没有伟人。凡·高离我们够远,我们才把他看清,可是当日阿罗的市民只看见一个疯子。

"风格正如心灵的面貌,比肉体的面貌更难作假。模仿他人的风格,等于戴上一副假面具。不管那面具有多美,它那死气沉沉的样子很快就会显得索然无味,使人受不了,反而欢迎奇丑无比的真人面貌。学他人的风格,就像是在扮鬼脸。"

作家的风格各如其面,宁真而丑,毋假而妍。这比喻也很传神,可是也会被平庸或懒惰的作家用来解嘲。这类作家无力建立或改变自己的风格,只好绷着一张没有表情或者表情不变的面孔,看到别的作家表情生动而多变,反而说那是在扮鬼脸。颇有一些作家喜欢标榜"朴素"。其实朴素应该是"藏巧",不是"藏拙",应该是"藏富",不是"炫穷"。拼命说自己朴素的人,其实是在炫耀美德,已经不太朴素了。

"'不读'之道才真是大道。其道在于全然漠视当前人人都热衷的一切题目。不论引起轰动的是政府或宗教的小册子,是小说或者是诗,切勿忘记,凡是写给笨蛋看的东西,总会吸引广大读者。读好书的先决条件,就是不读坏书:因为人寿有限。"

这一番话说得斩钉截铁,痛快极了。不过,话要说得痛快淋漓,总不免带点武断,把真理的一笔账,四舍五入,作断然的处理。叔本华漫长的一生,在学界和文坛都不得意。他的传世杰作《意志与观念的世界》在他三十一岁那年出版,其后反应一直冷淡,十六年后,他才知道自己的滞销书大半是当做废纸卖掉了的。叔本华要等待很多很多年,才等到像瓦格纳、尼采这样的知音。他的这番话为自己解嘲,痛快的背后难免带点酸意。其实曲高不一定和寡,也不一定要久等知音,披头士的歌曲可以印证。不过这只是次文化的现象,至于高文化,最多只能"小众化"而已。轰动一时的作品,虽经报刊鼓吹,市场畅售,也可能只是一个假象,"传后率"不高。判别高下,应该是批评家的事,不应任其商业化,取决于什么排行榜。这其间如果还有几位文教记者来推波助澜,更据以教训滞销的作家要反省自己孤芳的风格,那就是僭越过甚,误会采访就是文学批评了。

一九八五年六月

凭一张地图

一百八十年前，苏格兰的文豪卡莱尔从家乡艾克雷夫城
（Ecclefechan）徒步去爱丁堡上大学，八十四英里的路程，足足走
了三天。七月底我在英国驾车旅行，循着卡莱尔古老的足印，他
跋涉三天的长途，我三小时就到了。凡在那一带开过山路的人都
知道，那一条路，三天就徒步走完，绝非易事，不由得我不佩服卡
莱尔的体力与毅力。凭那样的毅力，也难怪他能在《法国革命》一
书的原稿被焚之后，竟然再写一次。

海外旅行，最便捷的方式当然是乘飞机，但是机票太贵。机
窗外面只见云来雾去，而各国的机场也都大同小异。飞机只是蜻
蜓点水，要看一个国家，最好的办法还是乘火车、汽车、单车。不
过火车只停大站，而且受制于时间表，单车呢，又怕风雨，而且不
堪重载。我最喜欢的还是自己开车，只要公路网所及之处，凭一
张精确而美丽的地图，凭着旁座读地图的伴侣，我总爱开车去
游历。只要神奇的方向盘在手，天涯海角的名胜古迹都可以召

来车前。

十三年前的仲夏我在澳洲，想从沙漠中央的孤城爱丽丝泉（Alice Springs）租车去看红岩奇景。那时我驾驶的经验只限于美国，但是澳洲和英国一样，驾驶座是在右边。一坐上租来的车子，左右相反，顿觉天旋地转，无所适从，只好退车。在香港开车八年，久已习于右座驾驶，所以今夏去西欧开车，时左时右，再也难不倒我。

飞去巴黎之前，我在香港买了西欧的火车月票。凭了这种颇贵的长期车票（Eurail pass），我可以在西欧各国随时搭车，坐的是头等车厢，而且不计路程的远近。二十六岁以下的青年也可以买这种长期票，价格较低，但是只能坐二等。所以在西班牙和法国旅行时，我尽量搭乘火车。火车不便的地方，就租车来开，因此不少偏僻的村镇，我都去过。英国没有加入西欧这种长期票的组织，我在英国旅行，就完全自己开车。

在西欧租车，相当昂贵，租费不但按日计算，还要按照里数。且以两千毫升的中型车为例，在西班牙每天租金是五千西币（peseta，每二十西币值港币一元），每开一公里再收四十五西币，加上保险和汽车，就很贵了。在法国租这样一辆车，每天收二百法郎（约合一百七十港币），每公里再收二法郎，比西班牙稍微便宜。问题在于：按里收费，就开不痛快。如果像美国人那样长途开车，平均每天三百英里，即四百八十公里，单以里程来计，每天就接近一千法郎了。

幸好英国跟美国一样大方，租车只计日数，不计里数，所以我在英国开车，不计山长水远，最是意气风发。路远，当然多耗汽油，可是比起按里收费来，简直不算什么。伦敦的租车业真是洋洋大观,电话簿的"黄页"一连百多家车行。你可以连车带司机一起租,那车,当然是极奢华的劳斯莱斯或者戴姆勒。你也可以把车开去西欧各国。甚至你可以预先租好,一下飞机就有车可开。我在英国租了一辆快意(Fiat Regata),八天内开了一千三百英里,只收二百三十英镑,比在西班牙和法国便宜得多。

伦敦租车行的漂亮小姐威胁我说:"你开车出伦敦,最好有人带路,收费五镑。"我不服气道:"纽约也好,芝加哥也好,我都随便进进出出,怕什么伦敦?"她把伦敦市街的详图向我一折又一折地摊开,盖没了整个大桌面,咬字清晰地说道:"哪,这是伦敦!大街小巷两千多条,弯的多,直的少,好多还是单行道。至于路牌嘛,只告诉你怎么进城,不告诉你怎么出城。你瞧着办吧,开不出城把车丢在半路的顾客,多的是。"

我怔住了,心想这伦敦恐怕真是难缠,便沉吟起来。第二天车行派人来交车,我果然请她带我出城,在去牛津的路边停下车来,从我手上接过五镑钞票,告别而去。我没有说错,来交车的是一个"她",不是"他"。我在旅馆的大厅里站了足足十分钟,等一个彪形的司机出现。最后那司机开口了:"你是余先生吗?"竟是一位清秀的中年太太。我冲口说:"没想到是一位女士。"她笑道:"应该是男士吗?"

在西欧开车,许多地方不如在美国那么舒服。西欧纬度高,夏季短,汽车大半没有冷气,只能吹风,太阳一出来,车厢里就觉得燠热。公路两旁的休息站很少,加油也不太方便。路牌矮而小,往往是白底黑字,字体细瘦,不像美国的那样横空而起,当顶而过,巨如牌坊。英国公路上两道相交,不像美国那么豪华,大造其四叶苜蓿(clover-leaf)的立体花桥,只用一个圆环来分道,车势就缓多了。长途之上绝少广告牌,固然山水清明,游目无碍,久之却也感到寂寥,好像已经驶出了人间。等到暮色起时,也找不到美式的汽车客栈。

一九八五年九月

娓娓与喋喋

　　不知道我们这一生究竟要讲多少句话？如果有一种电脑可以统计，像日行万步的人所带的计步器那样，我相信其结果必定是天文数字，其长，可以绕地球几周，其密，可以下大雨几场。情形当然因人而异。有人说话如参禅，能少说就少说，最好是不说，尽在不言之中。有人说话如嘶蝉，并不一定要说什么，只是无意识的口腔运动而已。说话，有时只是掀唇摇舌，有时是为了表情达意，有时，却也是一种艺术。许多人说话只是避免冷场，并不要表达什么思想，因为他们的思想本就不多。至于说话而成艺术，一语而妙天下，那是可遇而不可求：要记入《世说新语》或《约翰生传》才行。哲人桑塔耶纳就说："雄辩滔滔是民主的艺术，清谈娓娓的艺术却属于贵族。"他所指的贵族不是阶级，而是趣味。

　　最常见的该是两个人的对话。其间的差别当然是大极了。对象若是法官、医师、警察、主考之类，对话不但紧张，有时恐怕还颇危险，乐趣当然是谈不上的。朋友之间无所用心的闲谈，如果两人的识见相当，而又彼此欣赏，那真是最快意的事了。如果双方的识见悬殊，那就好像下棋让子，玩得总是不畅。要紧的是双方的境界能够交接，倒不一定两人都有口才，因为口才宜于应敌，却不宜用来待友。甚至也不必都能健谈：往往一个健谈，一个善听，反而是最理想的配合。可贵的在于共鸣，不，在于默契。真正的知己，就算是脉脉相对，无声也胜似有声：这情景当然也可以包括夫妻和情人。

这世界如果尽是健谈的人，就太可怕了。每一个健谈的人都需要一个善听的朋友，没有灵耳，巧舌拿来做什么呢？英国散文家海斯立德说："交谈之道不但在会说，也在会听。"在公平的原则下，一个人要说得尽兴，必须有另一个人听得入神。如果说话是权利，听话就是义务，而义务应该轮流负担。同时，仔细听人说话，轮到自己说时，才能充分切题。我有一些朋友，迄未养成善听人言的美德，所以跟人交谈，往往像在自言自语。凡是音乐家，一定先能听音辨声，先能收，才能发。仔细听人说话，是表示尊敬与关心。善言，能赢得听众。善听，才赢得朋友。

如果是几个人聚谈，又不同了。有时座中一人侃侃健谈，众人睽睽恭听，那人不是上司、前辈，便是德高望重，自然拥有发言权，甚至插口之权，其他的人就只有斟酒点烟、随声附和的份了。有时见解出众、口舌便捷的人，也能独揽话题，语惊四座。有时座上有二人焉，往往是主人与主客，一来一往，你问我答，你攻我守，左右了全席谈话的大势，也能引人入胜。

最自然也是最有趣的情况，乃是滚雪球式。谈话的主题随缘而转，愈滚愈大，众人兴之所至，七嘴八舌，或轮流坐庄，或旁白助阵，或争先发言，或反复辩难，或怪问乍起而举座愕然，或妙答迅接而哄堂大笑,一切都是天机巧合,甚至重加排练也不能再现原来的生趣。这种滚雪球式,人人都说得尽兴,也都听得入神,没有冷场,也没有冷落了谁,却有一个条件,就是座上尽是老友,也有一个缺点,就是良宵苦短,壁钟无情,谈兴正浓而星斗已稀。日后我们怀念故人,那一景正是最难忘的高潮。

众客之间若是不顶熟稔,雪球就滚不起来。缺乏重心的场面,大家只好就地取材,与邻座不咸不淡地攀谈起来,有时兴起,也会像旧小说那样"捉对儿厮杀"。这时,得凭你的运气了。万一你遇人不淑,邻座远交不便,近攻得手,就守住你一个人恳谈、密谈。更有趣的话题,更壮阔的议论,正在三尺外热烈展开,也许就是今晚最生动的一刻,明知你真是冤枉,错过了许多赏心乐事,却不能不收回耳朵,面对你的不芳之邻,在表情上维持起码的礼貌。其实呢,你恨不得他忽然被鱼刺哽住。这种性好密谈的客人,往往还有一种恶习,就是名副其实地交头接耳,似乎他要郑重交代的,句句都是肺腑之言,恨不得回其天鹅之颈,伸其长蛇之舌,来舔你的鼻子,哎呀,真的是 tête-à-tête 还不够,必得 nose-to-nose 才满足。你吓得闭气都来不及了,哪里还听得进什么肺腑之言?此人的肺腑深深深几许,尚不得而知,他的口腔是怎么一回事,早已有各种菜味,酸甜苦辣地向你来告密了。至于口水,更是不问可知,早已泽被四方矣,谁教你进入它的射程呢?

聚谈杂议,幸好不是每次都这么危险。可是现代人的生活节奏毕竟愈来愈快,无所为的闲谈、雅谈、清谈、忘机之谈几乎是不可能了。"偶然值林叟,谈笑无还期。"在一切讲究效率的工业社会,这种闲逸之情简直是一大浪费。刘禹锡但求无丝竹之扰耳,其实丝竹比起现代的流行音乐来,总要清雅得多。现代人坐上计程车、火车、长途汽车,都难逃噪声之害,到朋友家去谈天吧,往往又有孩子在看电视。饭店和咖啡馆而能免于音乐的,也很少见了。现代生活的一大可恼,便是经常横被打断,要跟二三知己促膝畅谈,实在太难。

剩下的一种谈话,便是跟自己了。我不是指出声的自言自语,而是指自我的沉思默想。发现自己内心的真相,需要性格的力量。唯勇者始敢单独面对自己,唯智者才能与自己为伴。一般人的心灵承受不了多少静默,总需要有一点声音来解救。所以卡莱尔说:"语言属于时间,静默属于永恒。"可惜这妙念也要言诠。

一九八六年一月

三访伦敦

伦敦与巴黎并为狄更斯名著《双城记》里的双城,而且都曾陷给对方,可是隔了一道"荒谬的海峡",风格却大有差异。巴黎之美在明艳而善变,无论在政治或文艺上都历经革命。伦敦之美却雍容而成熟,自从十七世纪那场革命以来,就不再有大变了,无论欧风美雨如何吹袭,始终保持自己的作风。很难想象埃菲尔铁塔怎能矗立在泰晤士河畔,玻璃的金字塔怎能出现在贝尔格瑞夫广场。

在令人怀旧的电影里,伦敦曾是雾都。欧琳太太在王尔德的喜剧《温夫人的扇子》终场时就说:"伦敦的雾跟正人君子太多了,温大人。到底是雾带来了正人君子,还是正人君子带来了雾,我不知道。"这是一百年前的笑话,由于环保规定严格执行,伦敦之雾已成了历史。

不过雾散之后,其他的景色并没有变。

宏伟而嵯峨的国会大厦之上,那口重达十三吨半的大笨钟,在金碧辉煌的塔楼顶,仍然每小时向世界朗敲格林威治的光阴。戴着黑绒高帽,绷着猩红制服的羽林军,仍然在宫门前按时换岗。律师在庭上仍然银其假发,黑其长袍。银行的侍者仍然耸其高礼帽,曳其燕尾服。巍巍而过的双层巴士仍然红得那么热闹,施施而来的计程方轩仍然黑得那么稳重。当你在长长的河堤上散步,即连东去的泰晤士河水,也似乎仍在斯宾塞的诗韵里起伏。

我去伦敦,先后已三次。第一次在一九七六年,是去开国际笔会。我宣读论文《想象之真》时与我并排同席的,包括老诗人史班德,桂冠诗人贝吉曼,美国诗人罗威尔(Robert Lowell),可惜未曾照相留影。第二次在一九八五年,纯为旅游。第三次在一九九二年十月,是应英国文艺协会之邀,与北岛、张戎、汤婷婷联袂去六个城市巡回朗诵,在伦敦先后只有三天。

英国之盛,端在两大女王:伊丽莎白一世与维多利亚之朝。方其称雄于世,曾号日不落国。但是如今处处日落,大英帝国在海外的属地已所余无几,而一九九七年就要还中国的香港,也已在倒数计时。第三次我飞抵伦敦,是在十月的清晨,出得希斯罗机场,正好七点,天色灰青青的,晓寒低处,旭阳还未升起。与黑龙江纬度相当的伦敦,似乎还未醒来,甚至在这日不落国的京城之上,老太阳也晚起而早落了。

大英帝国早已解体,甚至联合王国都景气低沉。伦敦,确是美人迟暮了,但是在成熟的皱纹之下,仍难掩她昔日的端庄风华。殖民地虽已纷纷独立,英语却盛行于世,而英语所及,也把莎士比亚、狄更斯、王尔德、披头士带给全球。国协与属地的人民虽然不满英国政府,却罕见有人不喜欢伦敦。从巴基斯坦到印度,从澳洲到南非,从香港特区到马来西亚,多少人宁可留在伦

232

敦，只要听听皮可迪里（Piccadilly）大街上各国腔调的英语，便可知这古城有多国际化了。输了领土而赢了制度，失去了帝国而播扬了文化，迟暮的伦敦仍是动人的美人。

一九九三年

开你的大头会

　　世界上最无趣的事情莫过于开会了。大好的日子,一大堆人被迫放下手头的急事、要事、趣事,济济一堂,只为听三五个人逞其舌锋,争辩一件议而不决、决而不行、行而不通的事情,真是集体浪费时间的最佳方式。仅仅消磨光阴倒也罢了,更可惜的是平白扫兴,糟蹋了美好的心情。会场虽非战场,却有肃杀之气,进得场来,无论是上智或下愚,君子或小人,都会一改常态,人人脸上戴着面具,肚里怀着鬼胎,对着冗赘的草案、苛细的条文,莫不咬文嚼字,反复推敲,务求措辞严密而周详,滴水不漏,一劳永逸,把一切可钻之隙、可乘之机统统堵绝。

　　开会的心情所以好不了,正因为会场的气氛只能够印证性恶的哲学。济济多士埋首研讨三小时,只为了防范冥冥之中的一个假想敌,免得他日后利用漏洞,占了大家的,包括你的,便宜。开会,正是民主时代的必要之恶。名义上它标榜尊重他人,其实是在怀疑他人,并且强调服从多数,其实往往受少数人左右,至少是搅局。

除非是终于付诸表决,否则争议之声总不绝于耳。你要闭目养神,或游心物外,或思索比较有趣的问题,并不可能。因为万籁之中人声最令人分心,如果那人声竟是在辩论,甚或指摘,那就更令人不安了。在王尔德的名剧《不可儿戏》里,脾气古怪的巴夫人就说:"什么样的辩论我都不喜欢。辩来辩去,总令我觉得很俗气,又往往觉得有道理。"

意志薄弱的你,听谁的说辞都觉得不无道理,尤其是正在侃侃的这位总似乎胜过了上面的一位。于是像一只小甲虫落入了雄辩的蛛网,你放弃了挣扎,一路听了下去。若是舌锋相当,场面火爆而高潮迭起,效果必然提神。可惜讨论往往陷于胶着,或失之琐碎,为了"三分之二以上"或"讲师以上"要不要加一个"含"字,或是垃圾的问题要不要另组一个委员会来讨论,而新的委员该如何产生才具有"充分的代表性"等等,节外生枝,又可以争议半小时。

如此反复斟酌,分发(hair-splitting)细究,一个草案终于通过,简直等于在集体修改作文。可惜成就的只是一篇面无表情更无文采的平庸之作,绝无漏洞,也绝无看头。所以没有人会欣然去看第二遍。也所以这样的会开完之后,你若是幽默家,必然笑不出来,若是英雄,必然气短,若是诗人,必然败兴。

开会的前几天,一片阴影就已压上我的心头,成了生命中不可承受之烦。开会的当天,我赴会的步伐总带一点从容就义。总之,前后那几天我绝对激不起诗的灵感。其实我的诗兴颇旺,并不是那样禁不起惊吓。我曾经在监考的讲台上得句,也曾在越洋的七四七经济客舱里成诗,周围的人群挤得更紧密,靠得也更逼近。不过在陌生的人群里"心远地自偏",尽多美感的距离,而排排坐在会议席上,摩肩接肘,咳唾相闻,尽是多年的同事、同仁,论关系则错综复杂,论语音则闭目可辨,一举一动都令人分心,怎么容得你悠然觅句? 叶芝说得好:"与他人争辩,乃有修辞;与自我争辩,乃有诗。"修辞是客套的对话,而诗,是灵魂的独白。会场上流行的既然是修辞,当然就容不得诗。

所以我最佩服的,便是那些喜欢开会、擅于开会的人。他们在会场上总是意气风发,雄辩滔滔,甚至独揽话题,一再举手发言,有时更单挑主席缠斗不休,陷议事于瓶颈,置众人于不顾,像唱针在沟纹里不断反复,转不过去。

而我,出于潜意识的抗拒,常会忘记开会的日期,惹来电话铃一迭连声催逼,有时去了,却忘记带厚重几近电话簿的议案资料。但是开会的烦恼还不止这些。

其一便是抽烟了。不是我自己抽,而是邻座的同事在抽,我只是就近受其熏陶,所以准确一点,该说闻烟,甚至呛烟。一个人对于邻居,往往既感觉亲切又苦于纠缠,十分矛盾。同事也是一种邻居,也由不得你挑选,偏偏开会时就贴在你隔壁,却无壁可隔,而有烟共吞。你一面呛咳,一面痛感"远亲不如近邻"之谬,应该倒过来说"近邻不如远亲"。万一几个近邻同时抽吸起来,你就深陷硝烟火网,呛咳成一个伤兵了。好在近几年来,社会虽然日益沉沦,交通、治安每况愈下,公共场所禁烟却大有进步,总算除了开会一害。

另一件事是喝茶。当然是各喝各的,不受邻居波及。不过会场奉茶,照例不是上品,同时在冷气房中迅趋温吞,更谈不上什么品茗,只成灌茶而已。禁不起工友一遍遍来添壶,就更沦为牛饮了。其后果当然是去"造水"，乐得走动一下。这才发现，原来会场外面也很热闹，讨论的正是场内的事情。

其实场内的枯坐久撑，也不是全然不可排遣的。万物静观，皆成妙趣，观人若能入妙，更饶奇趣。我终于发现，那位主席对自己的袖子有一种，应该是不自觉的，紧张心结，总觉得那袖口妨碍了他，所以每隔十分钟左右，会忍不住突兀地把双臂朝前猛一伸直，使手腕暂解长袖之束。那动作突发突收，敢说同事们都视而不见。我把这独得之秘传授给一位近邻，两人便兴奋地等待，看究竟几分钟之后会再发作一次。那近邻观出了瘾来，精神陡增，以后竟然迫不及待，只等下一次开会快来。

不久我又发现，坐在主席左边的第三位主管也有个怪招。他一定是对自己的领子有什么不满，想必是妨碍了他的自由，所以每隔一阵子，最短时似乎不到十分钟，总情不自禁要突抽颈筋，迅转下巴，来一个"推畸"（twitch）或"推死它"（twist），把衣领调整一下。这独家奇观我就舍不得再与人分享了，也因为那近邻对主席的"推手式"已经兴奋莫名，只怕再加上这"推畸"之扭他负担不了，万一神经质地爆笑起来，就不堪设想了。

当然，遣烦解闷的秘方，不止这两样。例如耳朵跟鼻子人人都有，天天可见，习以为常竟然视而不见了。但在众人危坐开会之际，你若留神一张脸接一张脸巡视过去，就会见其千奇百怪，愈比愈可观，正如对着同一个字凝神注视，竟会有不识的幻觉一样。

会议开到末项的"临时动议"了。这时最为危险，只怕有妄人意犹未尽，会无中生有，活部转败，竟然敢冒天下之大不韪，提出什么新案来。

237

幸好没有。于是会议到了最好的部分：散会。于是又可以偏安半个月了，直到下一次开会。

一九九七年四月

戏孔三题

争先恐后

高雄中山大学中文系已故的孔仲温教授，乃孔子八十多代的后人，生前文质彬彬，谦谦君子，乘电梯总是让我先走。有一次我们又同电梯，我笑问他：

"你们伟大的先人带曾子出门，谁走前面？"

他说："当然是孔子。"

我说："错了。"

他说："为什么？"

我说："是曾子。"

他说："凭什么？"

我说："争先恐后。"

比丘比尼

据说韩愈谏迎佛骨,贬官潮阳,途中阻雪。侄孙韩湘冒雪相送,韩愈赠诗,有"云横秦岭家何在,雪拥蓝关马不前"之名句。当晚宿于蓝关驿舍,韩愈长叹一声,对韩湘说:"释教蓄意颠覆儒家,我早就看出来了。"韩湘追问其详,韩愈说:"和尚叫做比丘,倒也罢了,尼姑又叫比丘尼,就太过分。分明是冲着圣人来的,不但要跟孔丘比,还要比仲尼呢!"

孔夫子印名片

孔子收到美国"世界汉学国际研讨会"的请柬,邀他在开幕典礼上作专题演讲,十分高兴,准备先去印一盒名片。文具店老板见圣人来了,异常恭敬,问清楚名片要中英文对照,对孔子说:"英文的一面,不知该怎么称呼?"

"不是有现成的 Confucius 吗?"孔子反问。

"那是外国人对您老的尊称,'孔夫子'拉丁化的说法。"老板笑笑说,"您老不好意思自称'孔夫子'吧。"

"那倒是的。"孔子想到自己平常鼓吹谦虚之道,不禁沉吟起来。

"那,该怎么印呢?"

"杜甫昨天也来过。"老板说。

"哦,他的名字怎么印的?"孔子问。

"杜先生本来要印 Du Fu，"老板说，"我一听，说，不好，太像'豆腐'。杜先生说，那就倒过来，叫 Fu Du 好了。我说，那更不行了，简直像'糊涂'！"

"那怎么办？"孔子问。

"后来我对诗圣说：'您老不是字子美吗？子美，子美……有了！'杜甫说：'怎么有了？'我说：'杜子美，就叫 Jimmy Du 吧！'"

孔子笑起来，叫一声"妙"！

"其实韩愈也来过。"老板又说。

"真的呀？"孔子更好奇了，"他就印 Han Yu 吧？"

"本来他要这样的，"老板说，"我一听又说不行，太像 Hang you 了。韩老说：'倒过来呢？'我说，You hang，那也不行。不是'吊死你'就是'你去上吊吧'，太不雅了。"

"后来呢？"孔子问。

"后来呀，"老板得意洋洋，"还是我想到韩老的故乡，对他说：'您老不是韩昌黎吗？'他说'是呀'。我说就印 Charlie Han 好了。"

"太好了，太好了！"孔子笑罢，又皱起眉头，说，"他们都解决了，可是我到底怎么印呢？"

老板想了一下，叫道："有了！"

"怎么啦？"孔子问。

"你老不是字仲尼吗？"老板笑道。

"对呀。"孔子满脸期待。

老板大叫："就印 Johnny Kong 好了！"

不久，那家文具店国际闻名。大家这才发现，那老板原来是诸葛亮假装的。

二〇〇三年四月

图书在版编目(CIP)数据

叩访名家：余光中散文精选(少年版) / 余光中著.
—杭州：浙江文艺出版社，2012.4(2015.2重印)
ISBN 978-7-5339-3409-5

Ⅰ.①叩… Ⅱ.①余… Ⅲ.①散文集—中国—当代 Ⅳ.①I267

中国版本图书馆 CIP 数据核字(2012)第 048698 号

责任编辑　冯静芳
封面设计　水　墨
彩色插图　陶依妮

叩访名家：余光中散文精选（少年版）

余光中　著

出版　浙江文艺出版社
地址　杭州市体育场路 347 号
邮编　310006
网址　www.zjwycbs.cn
经销　浙江省新华书店集团有限公司
制版　杭州天一图文制作有限公司
印刷　杭州富春印务有限公司
开本　880 毫米×1230 毫米　1/32
字数　170 千字
印张　7.75
插页　2
印数　10501-14500
版次　2012 年 4 月第 1 版　2015 年 2 月第 3 次印刷
书号　ISBN 978-7-5339-3409-5
定价　**18.00** 元